愛《いと》おしきいのちのために

ダウン症のある私から

岩元　綾

Aya Iwamoto

かもがわ出版

はじめに——感謝をこめて

厳しい暑さの続く二〇一六年夏。

私は、戦禍を生き抜いてきた、かけがえのない父と母の「いのち」を思い、自分の気持ちを詩にしようと思い立って書き始めていました。

そんな時、相模原のやまゆり園の事件が起き、私は大変衝撃を受けました。障害者はいらないという考えに驚き、深い悲しみと恐ろしさの入り交じった言いようのないものがこみ上げてきました。

どんな人間にも一人ひとりに生きる権利があり、幸せになる権利があるはずです。そのことを忘れずにこの事件を風化させないためにも障害のある人もない人も、一緒になって人間の平等や命の尊さを訴えなければと思います。

私はダウン症があったからこそたくさんのすばらしい方々に出会い、素敵な経験をさせていただき、とても幸せです。感謝の気持ちでいっぱいです。

私は今回、この『愛おしきいのちのために―ダウン症のある私から―』を出版するにあたって、幼い頃から今日まで支えてくださった数限りないすべての人々に精いっぱいの感謝の言葉をお送りしたいと思います。

「ありがとうございます!!」と。

岩元　綾

愛おしきいのちのために

ダウン症のある私から

◎もくじ

装幀・菅田　亮

1章

愛おしきいのちのために

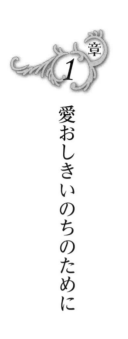

いのち

一九七三年　春四月、　古い大学病院の酸素ボンベの置かれた産室。
春の暖かい陽ざしの中で　父と母の深い愛のもと、　私はダウン症児として生まれた。
私の命は　早ければわずか四歳、
発達は小学一、二年生程度と告げられた。
四十三年前　生まれてきた娘の命が限られ、
溢れる喜びが　深い悲しみに変わっていった父と母を、　私は知らない。
幽門狭窄症《ゆうもんきょうさくしょう》にさいなまれ、　母乳もミルクも噴水のように吐いた。
私を抱いたまま、　眠らぬ母の長い夜を、　私は知らない。

ダウン症を知り、長い葛藤の中にいた私は、暗いトンネルを抜け、
今　ためらいなく言える。
〝ダウン症児として生まれた〟と。
かぎりある命。私を一人の人格として　かけがえのない存在として
育ててくれた父よ、母よ。私は今、その命を思う。

一九四六年の如月を、父は忘れないと言う。
北朝鮮・ハムフン府郊外の丘に、祖母を大八車に乗せ、葬った十三歳の父。
私は　祖父も父の祖母も、大八車も知らない。
けれど、十三歳の父の悲しみと辛さは　分かりたい。
戦争が終わり、寒さと飢えと伝染病が家族を襲い、九人がとうとう五人になった。
夜道におびえ、野宿を重ね、鉄橋を渡り、南へと歩き続けて丘の上。
父の背中のリュックから　遺髪の入った高麗焼の壺がコロコロと転げ、パリンと
欠けた。

イムジン川の支流・東豆川を小さな川舟で渡り、
38度線を南へ越えた。
引揚げ船に詰め込まれ、博多港へ。
過酷な引揚げの日々を見続けた壺は、小さなかけらを北朝鮮に残し、
今　わが家の床の間の　木箱の中に。

二〇一四年六月、父は北朝鮮墓参へと旅立つ。
連日のように放映されるテレビ画面の中の父たちの姿。
ハムフンの丘に祖父たちの墓標を置く　父の安堵の顔を、私は忘れない。
父の長い宿題は終わった。

ひゅっ　ひゅっ　ひゅっ　竹をつんざく音。
米機グラマンの機銃掃射の流れ弾は、
逃げ込んだ竹藪にまで　容赦なく飛び込んでくる。

幼い母は　祖母のお腹の下で爆撃機が去るのを待った。
爆音は遠く、近く、続く。
やがて戦争が終わると、疎開先の家の前を走る線路上を、
疲れ切った兵士、老人、子どもがよろよろと水を求めて歩いてくる。
祖母は　保存食の芋の粉で作った団子に麦茶を添えて、線路沿いに置いた。
人々は　団子を一つだけ食べ、しばらく両手を合わせ、立ち去った。
芋の粉が底をつき、祖母は肩を落とし、深い溜息をついた。
「私はこの時、人の生き方を学んだのかもしれない…………」
母は少し淋しそうに笑った。

戦禍を生き抜き、私に命をくれた　父よ、母よ、
私はダウン症児として生まれてきた。
今、新型の出生前診断を受け、陽性の命の九七パーセントが
生まれてくる命を消してしまうという。

生まれてこないほうがいい命なんてない。
いらない命なんてない!
私は世界に向かって訴え続けてきた。
「みんな同じ人間、同じ命―命の重さに変わりはない―」と。

春の陽だまりに包み込まれるように、
温かく私を育ててくれた　父よ、母よ、
命をありがとう‼

小さな耳　Ⅰ

久しぶりに街に出て　髪を切り少し結うと
隠れていたわたしの小さな耳が　春の風に寒い寒いとささやく
街角の陶器屋さんで　カレースプーンを買う
柄にはそれぞれ　赤、黄色、青の花模様
三本のスプーンはかばんの中で　わたしの小さな耳にからからと鳴る
「今夜はカレーにする？」と母が笑う
「うん、いいな」と父が言うに決まっている
春の風に　わたしの小さな耳も笑っている

小さな耳　Ⅱ

春の陽に　ふんわりと包まれながら
ゆるやかな坂を下る
「あっ　鳴いた」　わたしの小さな耳は林の奥から
うぐいすの初音を連れてきた
「今年こそ、一番に聞くぞ」　そう言っていた父は悔しがるに決まっている
ふんわりと春の風に揺れながら　ゆるやかな坂を登る
「ホーケキョ、ケキョ」　ほら、鳴いた
「下手ねー、こどものうぐいすかな？」と　母が笑う
春の風に揺れながら、わたしの小さな耳も笑っている

百日紅とアガパンサス

夏の太陽に向かって、百日紅はことしも
白い房を作って咲く
泳ぐように、空に向かって白い房を伸ば
して咲く
手鞠《まり》のようにポンポン咲き続ける
花の色は、ピンク、薄紫、赤、白とある
けれど、私は真っ白な百日紅が好きだ
母と家の周りを歩いていると　百日紅
の白い花が私にやさしく呼びかけてくる
その真っ白なカンバスに、私は何を託し

庭の白い百日紅

て描こうか

梅雨の終わりの激しい雨と、七月の暑い太陽の間《はざま》で
アガパンサスは、庭の片隅で、ひっそりと青紫の花を咲かせる

強い風には、花びらを、ぽろりぽろりとひとかけらずつ、落としていく
アガパンサスは　ギリシア語で「愛の花」だという
花言葉は「知的な装い」だという
アガパンサスは、空を泳ぐ白い百日紅を
庭の片隅で　何を思い、見上げているのだろう

2章

ひかりの中で

対談・往復書簡　大平光代さん&岩元綾

この対談は、「大乗*」二〇一三年三月に、翌四月から始まる二人の往復書簡にさきがけて行われた対談をまとめたものです。

*「大乗」——本願寺出版社が発行する門信徒ファミリー月刊誌。

●大平光代（おおひらみつよ）プロフィール

一九六五年兵庫県生まれ。二九歳で司法試験に一度で合格、弁護士として非行少年の更生に努める。二〇〇三年〜二〇〇五年大阪市助役に就任。二〇〇八年中央仏教学院通信教育部専修課程卒業。著書に『今日を生きる』『大平光代の〝子育てに効く〟論語』（いずれも中央公論新社）、『ひかりのなかで』絵本『ひかりの里のハル』（いずれも本願寺出版社）など多数。

ダウン症のある娘、悠ちゃんを育てる大平さんにとって、岩元さんは子育ての目標ともいえる存在だ。

（「大乗」より）

対談・いのちの尊さを伝えたい

●いのちの選別につながる恐れ

大平　綾さんとお会いするのは四年半ぶり。「大乗」連載中に特別対談をさせていただいて以来になりますね。

岩元　そうですね。悠《はるか》ちゃんはまだ歩いていなかったですね。

大平　食事も三歳頃までは何も食べてくれなくて、ミルクとミキサーで砕いた流動食ばかりだったのが、今はすごい食欲なんですよ。それにちっともじっとしていなくて。

岩元　元気いっぱいですね。本当によく成長してくれました（笑）。

大平　綾さんが奈良に講演に行かれると聞いて、悠のじゃじゃ馬ぶりを見てもらおうとふ

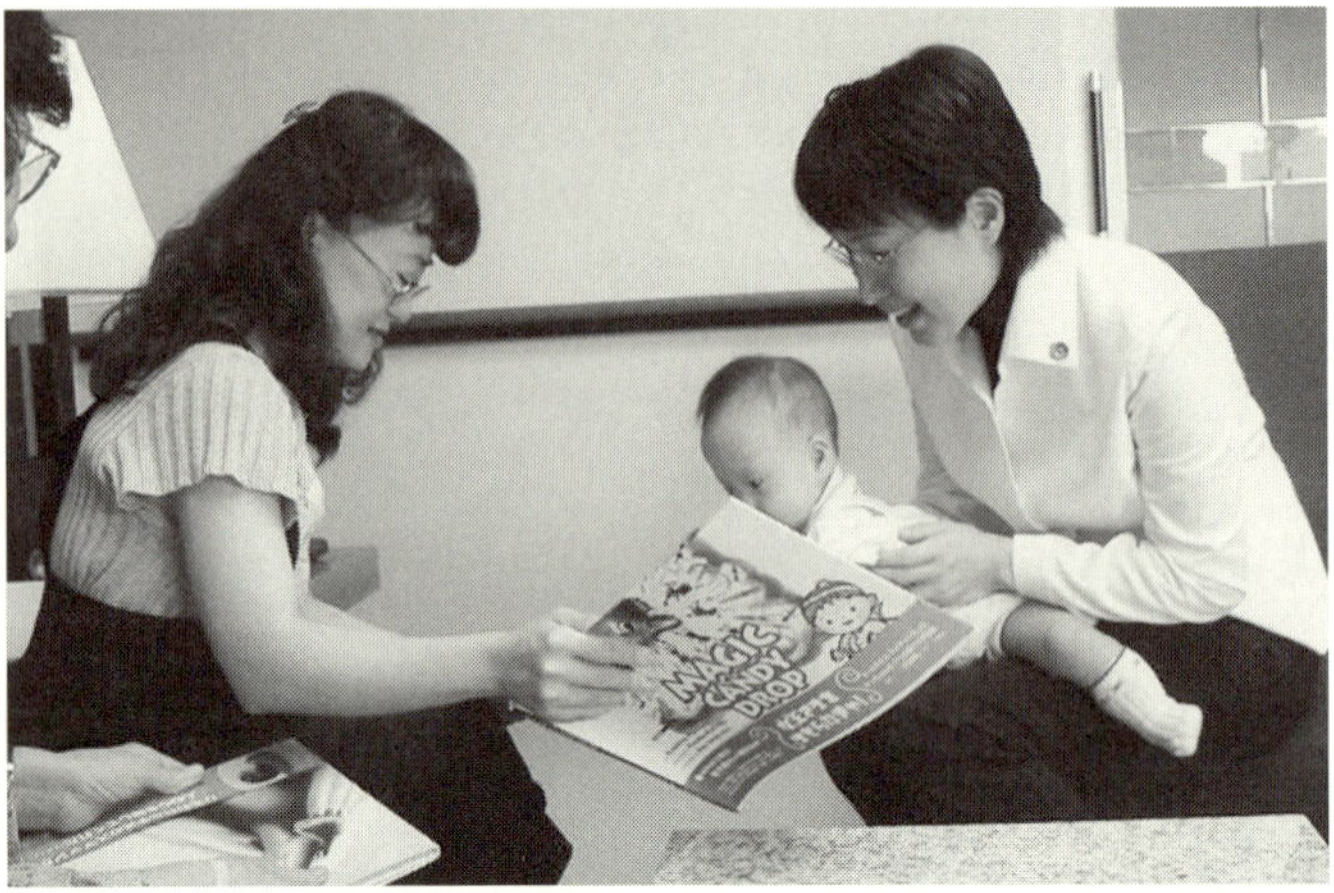

07年8月　NHK教育テレビ「福祉ネットワーク」で大平さん家族と対談の時

たりで京都にやってきました。

岩元　新型の出生前診断※が導入されることになって、講演の依頼やマスコミの取材が増えました。

大平　新しい検査は以前のものと全く違いますものね。採血だけで容易にダウン症などの染色体異常が高い確率でわかるようになった……。

岩元　講演を聞きに来てくださる人も危機感が強いですね。涙をポロポロ流しながら聞いてくださったり。マスコミの人も女性は好意的に扱ってくださいますし、飛行機に乗るとキャビンアテンダントさんから「頑張ってくださいね」と声をかけてもらうこともあります。のんびり屋の私も気合が入ってきました（笑）。

大平　検査の目的を表向きには、ダウン症かどうか知ることで心の準備をするためといわれていますが、ある調査では「異常がある」とわかったら九割以上の人が中絶をするそうです。まさに、いのちの選別につながると思います。

●障害は不幸ではない

岩元　私個人としては出生前診断を「してほしくない」と思っていますが、人それぞれに事情があるでしょうから、偉そうに異を唱えるつもりはありません。ですから講演では私の歩んできた道や夢を語りながら、いのちの尊さを多くの人たちに理解してもらえたらと思っています。私が「生んでくれてありがとう」と心から両親に感謝できるのも、いのちがあってこそ。今、悩んでいる人もそんな日が必ず来ることを

07年11月　大平さん家族が来鹿の折、溝辺町照明寺で

信じてほしい。

大平　私も弁護士としていろいろな人と接してきましたから、それぞれに事情を抱えていることはよくわかっているつもりです。でも、そもそも障害をもったら不幸になるという考え方が前提にあるのが問題だと思うのです。障害があっても決して不幸ではないと訴えたいですね。たとえ健常に生まれても、病気や事故で障害をもつことだってあります。「そんな子どもはいらない」と言うのでしょうか。それに歳をとると誰でも体が思うように動かなくなります。ダウン症者だけでなく弱者全体を排除することにつながるように思えてなりません。

岩元　最近は皆さんの意識も少しずつ変わってきていますが、障害のある人だけでなく誰もが「生まれてこなければよかった」と思わずにすむ社会になればいいですね。

大平　悠が生まれた時に、障害を受け入れることは一秒で決断できましたが、ダウン症に関するいろいろな本を読んでいると、あまりにマイナスなことばかり書いてあって落ち込んでしまいました。そんな時に、綾さんとご両親が書かれた『走り来《きた》れよ、吾娘《あこ》よ』（かもがわ出版）を読んで気持ちが軽くなりました。子育ての目標ができたって。

岩元　出生前診断は、今生きているダウン症の人たち、成人して立派に生きている人たちの人格をすべて否定してしまうことが一番の問題だと思います。人間の尊厳を踏みにじるようなことをしてもいいのだろうかと……。

大平　本当にそうですね。母親を苦しめるための材料としか思えません。せっかく授かったいのちですから産みたいと思っても、周囲からの圧力があるのは目に見えています。安易に検査を受けると自分が傷つくことになるのをわかってほしい。

●はからいを捨てて

岩元　私の父は、なぜそんな研究をするのかなと不思議がっています。おなかの中で染色体異常が治るとか合併症が軽くなるのだったら理解できるけど、そうじゃないなら子どもを消す研究よりも子どもを育てる研究が進むといいねって。

大平　親鸞聖人はさまざまなご著書で「はからいを捨てよ」とおっしゃっています。はからいとは自己中心的な価値観。自分の基準で不幸、悪と勝手に分けてしまうことによって、大切なことが見えなくなってしまいます。科学や医学ばかりが発達して、人の心や社会の仕組みがついていっていないような気がしますね。

岩元　いらないいのちなんてないはず。お母さんのおなかの中で、一生懸命に生きているいのちの重さを感じて、大切にしてほしいと思います。

大平　私は悠を産んでからのほうが、ずっとずっと幸せ！　悠のおかげで自分も新しいいのちをもらったような気がします。考え方も生き方も変わりました。悠も今年からいよいよ小学校一年生です。なにか綾さんからアドバイスはありますか。

岩元　私がここまで来ることができたのは、両親の愛情もありますが、教育環境がとてもよかったと感謝しています。小学校、中学校のお友達がやさしくて。とくに男の子がやさしかったですね。

大平　ほんとに男の子がやさしいの。ふだんはガキ大将でいたずらばかりしている子も、悠にはやさしくしてくれます。

●みんなちがって、みんないい

岩元　小学校の時はお友達と道草しながら何時間もかけて下校していたので、「ゆっくりさんの綾に、よく付き合ってくれたわね」といつも母が笑っていました。本当に周囲の人たちに恵まれました。高校時代にはいじめのようなものに遭いましたが、学校側が発見して素早く対応してくれました。私を不登校にさせてはいけないと学校全体で取り組んでくだされたのですよ。

大平　障害イコール不幸と刷り込まれたら、なかなか思い込みが解けませんが、子どもの頃の柔軟な時に、金子みすゞさんの詩にある「みんなちがって、みんないい」（「わたしと小鳥と鈴と」）という価値観を植え付けることが大切でしょうね。

岩元　周りのおとなたちが特別視せずに悪いことをした時は叱って、さみしい時はその気持ちを理解してあげるようにするといいですね。私も母が厳しくてよく叱られましたよ。

大平　甘やかしても結局は子どものためになりませんから。近頃は過干渉を愛情だとはき違えている親が多いように思います。ふだんは見守るだけで、必要な時だけ手を差し伸べるよう私も肝に銘じましょう（笑）。ところで、綾さんの新しい本『ことばが生まれるとき』（かもがわ出版）を読みました。すばらしい詩集ですね。今はどのような毎日を過ごしていますか。

岩元　ダウン症についての理解を深めてもらうのが私の使命だと思っていますので、体調を考慮しながら講演をお受けしています。母を助けて家事もずいぶん上手になったつもりです（笑）。家にいる時は今、フランス語の童話を翻訳しています。フランスにはとてもかわいい童話がたくさんあるのですよ。本ができたら子どもたちに読み聞かせができたらいいなと思っています。

大平　来月号から誌上でいろいろと意見を交換したり、子育てのアドバイスをいただくのを楽しみにしていますので、どうぞよろしく。

岩元　私も楽しみにしています。こちらこそよろしくお願いします。

（※）出生前診断
妊婦の血液からダウン症など3つの染色体異常がわかる検査。今春から実施される見通しの新出生前診断は、従来の検査法（「羊水検査」「母体血清マーカー検査」）に比べて精度が高く、妊娠初期に採血だけで診断できるため、「いのちの選別」につながる懸念が指摘されている。

往復書簡・ひかりの中で

■2013年／4月号——大平光代から岩元綾さんへ

悠もいよいよ一年生

春、いよいよ娘の悠が小学一年生になります。この「大乗」でエッセイの連載を始めたのは、悠が生後半年の頃の四月でした。二年間のお休みをいただきましたが、今回、往復書簡というかたちで鹿児島県在住の岩元綾さんと誌上でお手紙の交換をさせていただくことになり、とても楽しみにしています。

綾さんとのお付き合いは、悠が生まれて間もなくメールをいただいたことがきっかけでしたね。アドバイスをもらったり、一緒にテレビや雑誌で対談したり、綾さんやご両親にはずいぶんお世話になりました。ダウン症でありながら大学を卒業し、著作や講演で活躍されている綾さんは私の子育ての目標です。

悠をのんびりとした環境で育てるために大阪

市内から引っ越した山里の暮らしも五年目を迎えます。仕事一筋だった生活に比べて、時間がゆっくりと過ぎていくことに感動しましたが、振り返ってみればあっという間だったように思います。

悠を抱っこしながら、中央仏教学院通信教育課程の勉強をしたことも懐かしい思い出です。当時、ちんぷんかんぷんだった仏教用語や教義もすらすらとまではいきませんが、「すらっ」、いやいや「すっ」くらいには理解できるようになりました。

さてさて、一年生になる肝心の悠の様子はというと、肺や心臓に生まれつきの疾患があったので入院や手術などお医者さんにはずいぶんお世話になってきましたが、最近はかなり丈夫になってくれています。とはいえ今年は早々に、保育園で流行ったノロウイルスやインフルエンザはしっかりもらいました。特注した軽いランドセルが届いてからは、毎日、背負って鏡をチェックしながら「すてき！　かわいい！」とご満悦です。

先日、保育園の発表会があり、年長児が自分の描いた絵をもって、大きくなったら何になりたいかを一人ずつ披露する機会がありました。卒園生の毎年の恒例なので、たぶん悠は発表するのが無理だろうなと昨年は思っていたのですが、はっきりと「私は大きくなったらダンスがしたいです」と言えたのです。歩くのもままならなかった悠の成長ぶりに、他の保護者の皆さんも拍手喝采、一緒に喜んでくださいました。

入学後しばらくの間、一年生はすぐに帰ってくるようなので、当分は悠に振り回される日々になりそう……。私自身、入学した頃のことはあまり覚えていませんが、綾さんは何か思い出はありますか。嬉しかったこと、困ったことなどを思い出したら、教えてくださいね。

それではお返事をお待ちしております。

■2013年／5月号──岩元綾から大平光代さんへ
入学式の思い出

悠ちゃんの小学校入学、おめでとうございます。

鹿児島も今年は桜の開花が早く、春が慌ただしく通り過ぎていきました。山々には木々たちの緑の競演が始まっています。

大平さまとこのようなかたちでお手紙の交換ができるのをとても嬉しく思います。初めてお会いしたのは二〇〇七年の夏、大阪市内のホテルでNHK教育テレビ「福祉ネットワーク」の収録でした。その時の悠ちゃんは壊れそうな、小さな赤ちゃんでした。あの悠ちゃんがランドセルを背負って小学校に入学するなんて夢のようです。なんと素敵なことでしょう。命の奇跡を今、感じます。

それ以来、お食事に誘ってくださったりして悠ちゃんのかわいいしぐさを見ながら楽しいひとときを過ごさせていただきました。

入学式といえば、私にはほろ苦い思い出があります。ちょうど幼稚園を終わる頃から体調が悪くなり、大学病院で検査を受けたところ、甲状腺機能低下症が悪化していることがわかりました。静養を勧められたこともあって、父の転勤と合わせて温泉のある現在の霧島市に移り住みました。

でも、誰も知らないこの地に来ての小学校入学はとても不安でした。その日、私をずっとかわいがってくれていた叔母が鹿児島市内から来てくれることになっていたのです（叔母はこの二月に十三回忌を迎えました）。私は会場を抜け出して校門で叔母を待っていたのでした。母は私を学校中探し回ったと言います。その時の様子を小・中学校からの親友は私が出版した『21番目のやさしさに—ダウン症のわたしから—』（かもがわ出版）の中で次のように書いています。

「綾さんと初めて出会ったのはもう二十数年も前になります。それは小学校の入学式でした。体育館での記念撮影の時、一人人数が足りないと撮影を中断、しばらくすると体育館の端をトコトコ歩いて来る女の子がいました。それが綾さんでした。」

そして無事、記念撮影は終わりました。母は何も言いませんでした。

今、私はダウン症や障害や、出生前診断についての理解を求めて日本各地で講演活動を続けていますが、私の拙い講演に多くの方々が涙してくださり、感動してくださいます。

両親が元気でいてくれて、家族三人でこのような活動のできる喜びをかみしめています。私はダウン症があったからこそできた経験や多くのすばらしい方々との出会いもあります。大平さまとの出会いもその一つです。これからもどうぞよろしくお願いいたします。

■2013年／6月号──大平光代から岩元綾さんへ
すくすく若葉

早春に芽吹いた木々の葉が、青々と繁ってています。もうすぐ梅雨に入りますが、植物から旺盛な生命力をもらえる今の季節は本当にステキ。田舎暮らしの醍醐味を楽しんでいます。

新一年生の娘、悠もだいぶ学校に慣れてきましたが、入学間もない頃は手こずりました。毎日帰ってくるなり、「小学校、行かない！」とご機嫌斜め。「なんで？」とたずねると、「しんどい！　眠たい！　行かない！」とふてくされます。

本格的な授業が始まる前に、一年生は体育館、図書室、トイレの場所など、覚えることがたくさんあります。それに机の前にじっと座るということも子どもにとってはなかなか大変なこと。もともと、悠は環境に順応するのに時間がかかるので仕方がないのですが、登下校時にすれ違うほかの一年生もなんだか疲れた様子……。

悠の気分転換は、家で大好きな砂遊びをたっぷりした後、お風呂の中でくすぐりっこをすること。いつのまにか機嫌が直って「小学校、行く！」と高らかに宣言してくれます。ずっと毎日これの繰り返しでした。やれやれ。

給食も「食べられるかな」と心配していましたが、時間がかかるものの完食しているようで、とりあえずひと安心です。

悠に振り回され、何もできない私の気分転換は、ハーブティーをいれて好きな本を読むこと。ハーブは市販品だけでなく、自分で栽培して乾燥させたものも使います。リラックス効果にはラベンダーとカモミールのブレンドが私にはぴったりです。

じつは数年前、体調が悪い時にハーブの勉強をかなりしました。冷え症も生姜（ジンジャー）というれっきとしたハーブです）でばっちり改善。この経験を活かして、不定期ですが、休業中の女性弁護士を対象にハーブ教室をボランティアで担当しています。出産を控えた人、子育て中、弁護士の仕事に心身ともに疲れ果てた人など、受講者はさまざま。じんわりとやさしく作用するハーブは、自分の身体や生活を見つめ直すことにもつながっていくようです。

ところで、綾さんのご自宅には温泉が引いてあるそうですね。さすが温泉の豊富な霧島、うらやましい！

悠の入学を機に、私もチャレンジを始めたことがあります。それは野菜づくり。庭の一角で家族三人が食べる分だけですが、収穫ができたら今度報告しますね。

■2013年／7月号――岩元綾から大平光代さんへ 言葉への興味を育てた頃

お手紙、嬉しく拝見いたしました。梅雨入りと同時にホトトギスが鳴き始め、梅雨の花・紫陽花も咲き誇っています。

毎朝、母と健康のために日課としてウオーキングをしながら四季折々に咲く花々を見たり鳥の鳴き声を聞いたりするのが、私の好きなひとときです。

その後、悠ちゃんはお元気でしょうか。学校はストレスの多いところなのでとても大変なことと思います。慣れない生活に疲れている悠ちゃんの気持ちが私にはよくわかるような気がします。

私の場合は甲状腺機能低下症があって、小学校入学当時は、顔がまん丸にむくんで学校までの二キロの道を歩くことができませんでしたので、父が出勤の途中で回り道して車で送ってくれ、帰りはタクシーで帰りました。この頃は現在のように家が建っていなかったので、レンゲソウが田んぼ一面に鮮やかに咲いていたのを思い出します。

その後、自宅に引いた温泉と森林浴が私を助けてくれて、日が経つにつれて元気になっていきました。やがて、授業が三校時で終わる土曜日だけは近所の友達と春の暖かい空気を吸いながら歩いて帰るようになりました。寄り道して花を摘んだり、田んぼの中のオタマジャクシを見たり、楽しかった思い出もたくさんあります。私は動作がゆっくりでしたが、友達が私のペースに合わせてくれました。

体の弱い私は自由に外で遊びまわることはできませんでしたので、家の中で音楽を聞いている時間が多かったと思います。この頃に聞いたのが日本の叙情歌でした。そのレコード（まだCDもなかった時代です）には「美しき日本の詩情」という本がついていて、歌詞や絵・解説も書かれていました。私はこの中の歌が大好きだったので、本を見ながら美しい歌を毎日何回も聞いていました。そのうちに本の中の難しい漢字を覚えて、上級生から「漢字博士」と呼ばれたりしました。

母は今でも、子どもは好きな童謡や叙情歌の中で、文字や文章を覚えることができるのだと、歌の大切さを信じています。また、母は宿題をしなくてもいいから必ず日記は書くようにと言って、書き終わるまで待ってくれました。

ダウン症の人は言葉を獲得することが難しいと言われていますが、私はこの時期から文字を覚え、書き、文章を綴ることに興味を持ち始めたのでした。

■2013年／8月号――大平光代から岩元綾さんへ
ことばが生まれるとき

先月号で綾さんは、小学校一年生の頃から日記を始めたと書いていましたね。

昨年出版された綾さんの詩集『ことばが生まれるとき』(かもがわ出版)を読み返すと、やさしく温かい、本当に綾さんらしい珠玉のような詩の最後に、お父さんとお母さんの言葉が綴られていました。綾さんの「ことば」を育てるために、心を配られたことがひしひしと伝わってきます。

というわけで、娘の悠も日記を始めました(笑)。「きょうはプールにはいりました。たのしかったです」という程度ですが、じつは、私が赤エンピツで下書きをして、それを悠がなぞるという段階。綾さんのお母さんは、宿題はしなくても日記は書きなさいとおっしゃったそうですが、本当にすばらしいことだと思います。

感じたこと、考えたことが、ことばを記すことによって身につき、深まっていくのですね。

まだ名前の字も、あっち向いたり、こっち向いたりしていますが、本人はきちんと書けているつもり。偉そうに「どや顔」をするのが笑えます。

そうそう、悠の入学を機に始めた野菜づくりの報告をしなければいけませんね。それがね〜、大成功！

とくにブロッコリーとカリフラワーがおいしかったですよ。アブラナ科の植物は虫がつきやすいので、園芸関係の本を読みながら試行錯誤。黒いシートやネットも張って、凝り性の私の面目躍如です。ゆでてそのまま食べたり、ポタージュスープやペペロンチーノに使ったり、それはそれはおいしかった！

私たちが住んでいるところは有機栽培が盛んで、無農薬の野菜も簡単に手に入りますから、素人の私がそんなに頑張らなくてもいいわけです。でもでも、野菜づくりを通して、「実がなってるよ」「大きくなってきたね」という会話を娘とするのが何よりの喜び。今の世の中は、お金さえ出せば、品物だけでなく便利さやサービスも手に入ります。だからこそ「消費者」としてだけでなく、自分で育てる、あるいは自分で作る「生活者」としての暮らし方を身につけてほしいと願っています。

悠は、おやつや夕食づくりの手伝いもよくしてくれます。正直言えば、私ひとりで作るほうが十倍早く作れますが、ことばを育てるように、コツコツゆっくりと何かを成し遂げることが、悠にとって大切な時間なんですよね。

■2013年／9月号――岩元綾から大平光代さんへ

命を守り育てる食べものに感謝

いつも嬉しいお便り、ありがとうございます。今年の夏の暑さは格別でしたが、悠ちゃんはきっと楽しい夏休みを過ごされたことと思います。それに悠ちゃん、日記デビューされたのですね！　おめでとうございます。毎日、日記を書く習慣はまだ続いていますか。

じつは私、一年生の夏休みに日記を書き始めたといっても四日で終わっています。母が当時人気のアニメ「名犬ジョリー」の絵日記帳を買ってくれたので、仕方なく書き始めたのか、絵が苦手だったので描けなくてやめたのかよく覚えていませんが、そのあとは空白のままになっています。母は何も言いませんでした。

明けて三月。毎日、日記を書くことを母と約束しました。そして父は大きなマス目の原稿用紙を作ってくれて、書き始めた日記は小学校卒業まで続いたのでした。字が下手でも、同じことを書いても、両親はただ褒めてくれたのがありがたかったと思っています。先日のお手紙で大平さんが私の詩集『ことばが生まれるとき』を褒めてくださって、胸がいっぱいになりました。人はいくつになっても褒められると嬉しくなるものなのでしょうか。

担任の先生もまた、毎日朱書きを入れてくださり、それが楽しみでした。母は私の日記から学校での生活を知りたかったのだと思います。そんなことの積み重ねで今の私があるのだと感謝しています。

さて大平さんの野菜づくり、たくさん収穫できてよかったですね。新鮮でみずみずしい野菜を使って、素敵なおいしい料理ができるなんて幸せだなあと遠く鹿児島で喜んでいます。

父も家の近くの畑に無農薬栽培で野菜をつくっているのですが、今年の春はイノシシが出て無残にも畑を踏み荒らされ、父はがっかりしてしまいました。

でも、夏にはきゅうりがたくさんでき、毎日食べても食べきれなくてご近所におすそ分けしたりしています。これから冬に向けて鍋料理などに使うねぎを植えようかと言っております。楽しみです。

わが家では、病弱な私をいかにして丈夫にしようかと心をくだいて、母が安心安全な食べものを調達して食べさせてくれました。大平さんの野菜づくりも、悠ちゃんの体にやさしい食べものをと工夫されているからでしょう。命を守り育てるうえで、食べものは本当に大事なんだなと実感しています。

■2013年／10月号——大平光代から岩元綾さんへ

待ちわびた秋

やっと、ようやく、秋が来ましたね。とはいえ、最近の季節の移り変わりは冬からいきなり夏、夏からいきなり冬というように、過ごしやすい時期がどんどん短くなっている気がします。

お元気ですか。桜島の噴火の影響はありませんでしたか。

わが家の畑はこの夏、きゅうりの大豊作で連日きゅうり料理が食卓に上る毎日。大きくなりすぎたきゅうりは、縦半分に割ってタネを取り、ポタージュスープにしてみたらおいしかったですよ。玉ねぎだけでなくゴボウを一緒に使うと味に深みが出るようです。

さて二学期を迎えた悠。元気に登校していますが、今の悠の天敵はどうやら算数みたい。「足す」「引く」がぴんとこないようなので、オリジナル教材を作ることにしました。「赤いおさらにリンゴが三こ、青いおさらにリンゴが二こ、合わせるといくつ?」とか、「ケーキが五こあります。二こたべるとのこりはいくつ?」などの問題をたくさんこなすことで、数の概念を身につけてしまおうという作戦です。数字は同じなのに花が動物に変わったりすると、悠の顔が「?」という表情のまま固まってしまうことがあり、笑ってしまいます。

二歳の時から「ひらがな」の表を壁に貼って教えていましたが、結局、覚えたのは四歳を過ぎてから。足し算・引き算を覚えるのも、もう少し時間がかかりそうです。

残暑が厳しかったせいか、私は先日、歯茎が化膿してしまいました。疲れたら時々現れる症状で、プクっとふくらんで膿が溜まります。放っておくと感染症につながるので早く切ってもらうほうがいいのですが、じつは私は歯医者さんが大の苦手。診てもらって、「では来週、切開を」なんて言われると平静を装いながら心の中はキャーッ。その日までソワソワ、ドキドキして過ごします。体のほかの部分は全然平気なのにと自分でも本当に不思議です。

そんなこんなで待望の秋を迎えて、今の楽しみといえば枝豆。枝豆って夏でしょ、と言われそうですが、いえいえ、丹波の黒豆の枝豆はこれからが食べごろ。とくに〝川北〟と呼ばれる地区の枝豆の販売は一〇月上旬に一斉に解禁になり、道端のテントで生産者さんが直接、ぎっしりと実が付いた枝豆をまさに枝のまま売っています。もっちりとコクがあって、甘くて、大粒で……。ああ、待ち遠しい。

■2013年／11月号――岩元綾から大平光代さんへ
ゆっくりいきましょう

爽やかな秋のお便りをありがとうございます。今年は夏の暑さが厳しかっただけに、高くなった空を眺めたり、虫の音を聞きながら月を見て過ごしたり、心洗われるような秋を楽しんでいます。

私にとってじつにハードな夏でした。私は暑さに弱く、夏場は血圧が極端に下がります。それで講演をお断りしてきたのですが、今年は鹿児島で障害児教育関係の全国大会がいくつかあり、講演をお引き受けしたからです。

七月三〇日を皮切りに八月二五日まで三回、うち二回は全国大会なので大きな会場で開かれました。三会場とも参加者から「暑い暑い中、遠くから来た甲斐があった」「すばらしかった」「涙が止まらなかった」と褒めてくださり、感動的なすばらしい多数のアンケートも寄せられ、大きな勇気をいただきました。

最後の講演会では、やりきった安堵感だったのか、講演の最後に涙してしまい、会場が一瞬静まり、それから長い長い拍手が鳴りやみませんでした。とてもハードでしたが、充実した夏を終え、頑張ったご褒美に東尋坊の夕日を見に福井に行ったのもいい思い出です。

実りの秋に大平さんは、丹波のおいしい黒豆を満喫されたことでしょう。わが家の近くでは、イノシシが菜園に出てきていて「またイノシシにやられるのかなあ」と父は少しやる気をなくしている模様です。

ご心配くださっている桜島の灰は、風の吹きようでやって来ます。南風の日に、時々ドーンという爆発音の後に風に乗ってやって来ます。困ったことです。

さて、二学期も半ばを迎えて悠ちゃんもお元気で一年生を楽しまれていることと思います。でも、やっぱり算数は苦手なのですね。私もそうでした。悠ちゃんの算数のお勉強の様子を拝見して、家族三人で思わず笑ってしまいました。

母が知人から「公文」を勧められてしばらくやっていましたが、私には効き目がありませんでした（笑）。

足し算・引き算も、繰り上がり・繰り下がりが出てくるようになると、もっと苦戦しました。父が算数の先生たちから習ってきて、赤や白のタイルをボール紙で作りました。10のつなぎ、5のつなぎ、3・2・1と色をつけて父と一緒に作っているうちに私も楽しくなり、それで計算を覚えていったのを思い出します。悠ちゃん、ゆっくりゆっくりいきましょうね。

■２０１３年／12月号――大平光代から岩元綾さんへ

あっというまに……

山も畑も黄金色に輝いた実りの秋が終わろうとしています。綾さん、お元気ですか。厳しい暑さに耐えながら講演をこなされたとのこと、大変でしたね。どうぞこれからも健康を第一に、ご無理のないように活躍されることを願っています。

最近、娘の悠はなんだかお風呂に凝っています。三時前に下校するとすぐにおやつを食べて、それから一緒に入浴。ユズをたくさんいただいたので、ユズ風呂を楽しみながら「いい香り、お肌すべすべ」とご満悦。それにしても「お肌すべすべ」なんて言葉をどこで覚えたのでしょうか。

私の近況報告をいたしますと、「大乗」でもおなじみの釈徹宗さんとの対談本『この世を仏教で生きる――今から始める他力の暮らし』ができあがりました。釈さんといえば仏教や浄土真宗のみ教えをやさしく噛み砕いて教えてくださる方。中央仏教学院の通信教育部で学んでいた頃、あまりにもテキストが難しくて何度も投げ出しそうになった私は、その後、釈さんの本を読んで「もっと早く出会いたかった！」と歯ぎしりした次第です。

初めてお会いしたのは一年前のちょうど今頃。本願寺のイチョウがとてもきれいだったのを覚えています。学者で、住職で、大学の先生で……と近寄り難いような肩書きの釈さんですが、ちっともエラそうではなく、奥ゆかしさとサービス精神の両方を兼ね備えた方でした。

「こんなこと聞いたら笑われるかな、怒られるかな」という気遣いを全くしないまま、楽しい時間を過ごさせてもらいました。内容は仏教や浄土真宗のお話だけでなく法律、医療、文化など多岐にわたり、綾さんが懸命に訴えておられる出生前診断の問題点にも触れています。関西のおっちゃん、おばちゃんですから真面目な話のはずが急に脱線したりしていますが、そんな余計な話にこそ、ものごとの本質が表れているように思います。綾さんにも読んでいただけたら嬉しいです。

そうそう、それから、娘が七歳になった記念に、私が絵画教室に通い始めました（なんのこっちゃ）。美大を受験するわけではなく、それこそ画家になるわけではありませんから、のびのびと月に一回の個人レッスンを楽しんでいます。

四月から始まったこの往復書簡も今年最後のお便りになりました。月日が経つのはあっという間、来年もどうぞよろしく。

■2014年／1月号――岩元綾から大平光代さんへ
新たな挑戦をします

健やかに新しい年を家族おそろいでお迎えのことと思います。悠ちゃんも楽しいお正月を過ごされていることでしょう。

昨年は取材や講演を頑張った褒美に、両親が北陸の旅をプレゼントしてくれました。北陸はおいしい食べものがいっぱいで、空気もおいしく、とてもいい旅ができました。福井では世界一の恐竜博物館に行きましたが、子どもたちがとても楽しんでいるようで、好奇心旺盛な悠ちゃんにお勧めです。

　寒さも本格的になりました。悠ちゃんはお風呂が大好きなのですね。わが家は温泉を引いていてライオンの蛇口から出るお湯は最高です。母とふたり、ざぶーんと溢れ出るお湯に浸かる時が至福の時。母に「今度の旅で気に入った温泉があった?」と聞いたら「うーん。わが家のお風呂は世界一だもの」と言い「満足、満足……」と嬉しそうです(笑)。

　大平さんの新しい本の上梓、おめでとうございます。私も今、新しい本『生まれてこないほうがいい命なんてない―「出生前診断」によせて―』の原稿を作成中です。私にとって新たな挑戦です。

拙い詩ですが作ってみました。

　夕日に誓う

とうとう来てしまった
岩肌はごつごつと不安定で
じっと立っておれない
槍のように突き出た岩から見下ろすと
吸い込まれてしまいそう
北陸の空の雲は厚く
太陽はなかなか顔を出せない
何度も曇っては
また雲間からわずかに差し込んでくる
幾度も繰り返しているうちに
夕日はぱあっと広く帯を作り
低く垂れ込んだ雲間から顔を出した

きらきらきらきらと海の上を漂い
帯をつくって近づいてくる
沈みゆく夕日に向かって私は誓う
まだまだ生きたかったいのちの火を
消さなければならなかった人々のために
深い悲しみの中で誓う
一度もこの世に生まれてくることのなかった
小さないのちのために
広がっていく新型の出生前診断の前に
小さないのちは消されていくのだろうか
人間のやさしさで止めることはできないのだ
ろうか

■2014年／2月号――大平光代から岩元綾さんへ

食べものが体をつくる

大阪から引っ越して五回目の冬を過ごしていますが、いま時分の丹波はハンパない寒さ。帽子やマフラーで覆いきれない顔に容赦なく冷たい風が吹き付けて、鼻水がバリバリと凍りつきそうな気配です。

そんな厳しい自然に鍛えられたのか、悠が入学以来、病気で学校を一日も休んでいないのは嬉しいこと。学校の先生も感心しておられますが親の私もびっくりです。思い返せば、生まれつき心臓や肺に疾患があった悠はお医者さんのお世話になりっぱなし。保育園でもインフルエンザやノロウイルスが流行すると大事をとって自主休園していたのに、変われば変わるものです。

悠は今七歳ですが、三、四歳頃まで極端に食が細く固形物が苦手で、ミルクか離乳食のようにドロドロにつぶしたものしか食べませんでした。私は悠に食べさせたい一心で、一日中台所にばかり立っていたこともあります。

それがいつのまにか、もりもりと何でも食べてくれるようになりました。このあたりは農作物がおいしく、無農薬の野菜が容易に手に入ります。お魚も日本海から直送されるのでとても新鮮。素材がいいとシンプルな味付けでもおいしくいただけるのです。つくづく、人間の体は食べたものでつくられるのだと感じます。豊かな自然が悠を健康にしてくれました——と喜んでばかりはいられません。少しばかり美食家になりすぎた悠、地元の鹿料理が大好きで、休みの日には「レストランにランチに行こう、予約して！」とうるさいこと。

料理の手伝いをさせてきたことも食に対する興味を育てたようです。子ども用の包丁（おもちゃではありません）でサラダやスープに使う野菜を切るのがずいぶん上手になりました。「ネコちゃんの手をして……」とひとりごとを言いながら、丸めた左手で野菜をおさえます。

先日、私が仕事で家を留守にしたら、夫に「お皿はそこよ、フォークはここよ」と得意げに指図していたとか。夫が苦笑しながら悠の様子を教えてくれました。

体も心も急に成長してきた悠。もうすぐ私も安心して外出できるようになるかもしれません。というより、お父さんとお留守番することが悠にはいい経験になるのかも。モノだけでなくサービスもお金で手に入る時代、賢い消費者になることも大事ですが、それ以前に生活者として自立した人間になってほしいと願っています。

■2014年／3月号――岩元綾から大平光代さんへ

食べることは生きること

梅の蕾が膨らんだかと思うと、花びらがひらひらと舞い降り始めました。春の足音が間近に聞こえるようになりました。

丹波からのお便りを嬉しく拝見いたしました。読みながら悠ちゃんの様子と私の子どもの頃を懐かしく重ね合わせておりました。私も赤ん坊の頃から病弱で食が細く、食べさせるのが大変だったと母は言います。それでも幼稚園では一日も休まず、二年間の皆勤賞をもらいました。小学校も心臓の病気があったので鹿児島市内の大学病院に通院しながらも、ほとんど休まず卒業できました。これも母が食べものに気を付けてくれたせいかもしれません。

母は青魚に含まれているＥＰＡ（エイコサペンタエン酸）・ＤＨＡ（ドコサヘキサエン酸）が体によく、脳の活性化にもつながるというので、加入していたコープの組合員で専門委員会を作り、半年間話し合って、産地直送の青魚の黒潮ＢＯＸを立ち上げたほどです。自然が相手なので、海が時化《しけ》たり不漁だったりすると届かないことがありますが、鯖が来た時は見事に三枚におろして、昆布酢でしめてしめさばを作ってくれます。とてもおいしいので私も大好きなのですが（これでお寿司を作ると格別です）、父はそれを肴に焼酎を飲むのが楽しみなようです。

包丁づかいが苦手な私には母の包丁さばきはただただ驚きです。昨年の大みそかの夜にはお雑煮に入れるほうれんそうや人参の下ごしらえをしましたが、七歳にして包丁を上手に使う悠ちゃんには脱帽です。料理もまだまだ修行中の私は野菜炒めをしたりしながら、テーブルを整えたり皿を並べたりしします。悠ちゃんにならって、どしどし料理に挑戦したいと思っています。ただ困るのはNHKラジオの英語講座が始まる時間帯が夕食の準備と重なることです。

食べることは生きること。朝の連続ドラマ「ごちそうさん」の中で使われていますが、いい言葉だと思います。これからも自然の恵みに感謝しながら、おいしいものを食べたいなあと思っています。

さて、『生まれてこないほうがいい命なんてない――「出生前診断」によせて――』を二月一日に上梓いたしました。書いている間はとても大変でしたが、私が訴えたいことは書けたと思います。ダウン症の人のなかには、生まれてこないほうがよかったのかなと言っている人もいると聞きますが、悲しいことです。多くの人たちにぜひ読んでいただければ嬉しいと思います。

■2014年／4月号――大平光代から岩元綾さんへ
ことばを育てるということ

綾さんとのお便り交換も二年目の春を迎えま

した。田舎暮らしをしていると一日はのんびりと長いのに、一年はあっという間。年齢とともに、びゅんびゅんとものすごいスピードで月日が通り過ぎていくようです。

二月に出版された綾さんの本『生まれてこないほうがいい命なんてない—「出生前診断」によせて—』（かもがわ出版）をさっそく読ませていただきました。綾さんの訴えが各地で感動をよんでいることが本から伝わってきてウルウル……。

簡単な検査でダウン症などの染色体異常がわかる出生前診断はまさに命の選別です。健常で生まれても人生には思いがけないことが起こりますから、すべてをひっくるめて無条件で引き受け、愛することが親になる覚悟だと思うのですが。阿弥陀さまの慈悲は母の愛にたとえられますが、仏教を勉強し始めて七年、最近ようやくその深い意味に気が付きかけてきたところです。

医学界をはじめ、さまざまな立場の人が「生まれてこないほうがいい命なんてない」ということを訴えていますが、当事者である綾さんが発言することが一番心に届くと思います。心身ともに大変でしょうが、これからも頑張りすぎずに、頑張ってください。

本を読んでもう一つ。いつも感心させられるのですが、綾さんは本当にことばを大切にしていますね。お父さんの岩元昭雄さんが本の中に書いておられるように、幼い頃から「聞く・話す・読む・書く」を繰り返し地道に取り組む〝ことば育ち〟にご両親が心をくだいてこられたからだと思います。

私も綾さんとご両親をお手本に、生後数か月の頃から手を変え、品を変え、悠のことば育ちをはたらきかけてきました。その成果かどうかはわかりませんが、ついに百人一首を完璧に覚えたようです。赤ちゃんの頃にカセットテープで馴染んでいたせいか、昨年、久しぶりにテープをかけると興味を示してきて、マンガやDVD（百人一首のがあるんですよ！）を買うと、熱心に読んだり観たりするようになりました。

「いにしえの　ならのみやこの　やえざくら　きょうここのえに　においぬるかな」

今日もお風呂の中で得意げに口ずさむ悠。「すごいね、えらいね」と拍手喝采、強制をせず、ひたすら褒めるのが私の役目です。しかしながら、百人一首はリズムがいいですね。それに大らか。小さな悠にも日本人の遺伝子が脈々と伝わっていることを感じます。

■2014年／5月号――岩元綾から大平光代さんへ

若葉の季節に

うららかな春から厳しい寒さの冬まで、そして悠ちゃんの成長の記録……楽しいお便り交換の一年間でした。ありがとうございます。今年の冬は積雪などが多くてとくに厳しかったようですね。丹波に比べると暖かい鹿児島でも春を待つ心は同じ。春を告げるうぐいすの初音を待ちわびながら「今年はまだかなあ」と、家族で誰が一番先に初音を聞くのか、わが家の話題になります（一番は決まって私なのですが）。

うぐいすも鳴き始めの頃はまだ幼いのか、どこかぎこちなく「ホーケキョケキョ」と鳴きます。母と散歩しながら「下手だねえ」と笑います。それが日ごとに上手になり、「ホーホケキョ」と完成する頃には鹿児島の山々の緑がいっせいに芽吹き始めます。深い緑から淡い黄緑まで、色とりどりにもこもこと盛り上がります。まさに「山笑う」です。この時が鹿児島の一番いい季節だと父は言います。

大学時代にフランス語を受講中、担当の先生が「うぐいすの声を聞きながら授業を受ける学生は、そういないよ」と言われていたのがとても懐かしく思い出されます。

悠ちゃんの成長はすごいですね。もう、百人一首を覚えてしまったのですね。私が百人一首と出会ったのは小学校の高学年になってからでした。お正月に祖母がやってきて、かるた取りをすることになりました。祖母が読み手を引き受けてくれるので、私と母が組んで父と対戦し、父を負かすことが楽しみになっていました。かるた取りがわが家の恒例でしたが、祖母も亡くなり、いつしか正月は箱根駅伝を見るのが楽しみになってきました。箱根の山を駆け上り、駆け下る若者たちの勇壮な姿が、私を勇気づけてくれるのです。

悠ちゃんのおかげで、百人一首のことを思い出しました。またやってみようかと思います。

私の著書『生まれてこないほうがいい命なんてない――「出生前診断」によせて――』を読んでくださり、ありがとうございます。

この本の出版に当たり、出生前診断について、ダウン症者本人としての私の思いを書くということは重責で迷いもありました。でも、この検査を受けなければならないかのようにどんどんエスカレートしていくようで、「今私が言わなければ」と思い切って出版しました。〝書きことば〟として残し、多くの方々に読んでもらいたいという思いが湧いてきました。

それが私の願いです。

■2014年／6月号——大平光代から岩元綾さんへ
念願のアトリエ完成

前号の綾さんからのお便りにウグイスのことが書いてありましたね。のどかな霧島の風景が目に浮かぶようで、ほのぼのとした気持ちになりました。

丹波のわが家の周りでは〝ケリ〟という鳥が巣をつくり、子育ての真っ最中。雛を狙いにくるカラスを威嚇するためか、しょっちゅうキッキッキッという鳴き声が聞こえてきます。ホーホケキョとは大違いでとてもやかましいのですが、親鳥が雛を守っている様子には心を打たれます。

巣は田んぼの中にあることが多くて、田植えが始まるとケリの家族はまだ水を張っていない別の田んぼに引っ越していきます。鳥もなかなか大変です。

二年生になった悠はとても張り切って通学しています。新一年生が入学したので、お姉ちゃんだから頑張らなくちゃと思っているのでしょう。なんだか急にしっかりしてきたようで頼もしくなっています。

私はといえば、昨年の秋から始めた油絵にますますのめり込み（相変わらず猪突猛進の凝り性です）、ついに念願のアトリエを作ってしまいました。

これまでは台所の横の家事室がアトリエ。キャンバスを机の上の壁に立て掛けて描いていました。制作は家事や仕事の合間、そして悠が寝てからと途切れ途切れですから、続きをすぐに描けるように絵の具や道具類も出しっぱなしなので、とにかく狭かった！　念願のアトリエができたこれからは、大いに腕をふるい、大作にも挑戦するつもりです。ちなみに夫はあきれて、あきらめてというところでしょうか。友人からは「よっ、画伯」とからかわれています。

もともと油絵には興味があって結婚前に少しかじったのですが、絵の具の濃度やツヤを調節する溶剤のにおいが苦手で断念したのです。それに揮発性の溶剤を家の中で使うのは娘の健康面も心配であきらめていました。ところが、水が溶剤代わりになるという油絵の具を発見。さっそく使ってみたところ気に入って、道具を買い揃え、今は四作目にとりかかっています。

油絵は独特の深みが魅力ですが、私が一番気に入っているのは、失敗してもその上から絵の具を重ねて描いていけるところ。何度塗り重ねても、新たに絵の具をのせると全く別物になるのです。

絵のモチーフは悠で、娘の成長の過程を私の心象風景を投影しながら描いていけたらと思っています。

■2014年/7月号――岩元綾から大平光代さんへ
描くより見るほうが得意

雨の季節。私の家の周りでは、ホトトギスが盛んに鳴いています。先月のお便りで、丹波では〝ケリ〟という鳥が鳴くと知りました。初めて聞く名前なので、調べてみましたら、チドリ科の鳥だと書いてありました。いつか声を聴くことがあればいいなと思っています。

このたびは、念願のアトリエの完成おめでとうございます。夢を次々に、しっかりと叶えていかれるなんてすごい！　改めて大平さんとの出会いに感謝しています。

私は絵を描くのが算数の次に苦手です。母は「私も絵は下手だったから似たのでしょう。図形は上手だったけど」と言います。実は私も図形を書くのが好きです。

そんな私でも絵を観るのが大好きで、とうとうパリまで絵を観に行ってしまいました。有名なルーヴル美術館の「モナリザ」は人だかりをかき分けて、一番前で観てしまいました(笑)。さらに、私の大好きなモネをはじめとする印象派の画家たちの絵は駅舎を改造したオルセー美術館に集められていて、壮観でした。一番観たいと思っていたモネの絵があるオランジェリー美術館が改築中で、がっかりしたのを思い出します。

ホテルで、観光案内の方からもう一つモネの絵が集められている美術館があると聞いて、たどり着いたのがマルモッタン美術館でした。入ってみると、モネの絵がどこにもなくてまたがっかりしたその時、父が「地階にあるよ」と探してくれて、そこには五〇点の「睡蓮」が並んで展示されていて、なんとも言いようのない感動でした。

以来、テレビでもNHKの「日曜美術館」や民放の「ぶらぶら美術・博物館」などを欠かさず見るようになりましたが、番組の中で世界の高名な画家たちが自分の子どもを描いた「子ども展」が開かれたことを知りました。日本では岸田劉生の「麗子像」が有名ですが、モネやルノワール、ピカソなどがどんな思いで自分の子どもを描いたのかと思いを馳せます。

きっと近い将来に、大平家のアトリエにも「悠像」が並ぶことでしょう。そう思うと、想像しただけで嬉しくなります。

私が小学二年の時は、甲状腺機能低下症が悪くなっていてとても辛い日々でした。今、悠ちゃんは雨の中でも元気に、はつらつと学校に通われていることはとてもすばらしく、頼もしく思っています。いつかまた悠ちゃんの元気な笑顔にお会いできる日を楽しみにしております。

■2014年／8月号――大平光代から岩元綾さんへ
夏休み真っ最中です

娘の悠が小学校に入学して二回目の夏休み。子どもの頃は、あっという間に終わったはずの夏休みが、親になってからはチョーなが～い！気力も体力も衰え始めた身には本当にキツイです。

暑さでつい、だらけてしまいそうなので、今年はきっちりとスケジュールを立て、それに沿って一日を過ごすことにしました。

朝ごはんを食べたら、涼しいうちに庭仕事。草取りや水やりを一緒にします。そして、その後はお絵描き。新しいアトリエで二人並んでせっせと絵を描いています。「午前中はお絵描きの時間にしようね」と決めたのは、お察しの通り、私自身が絵を描きたいからなのですが、悠も結構喜んで描いています。悠の椅子の高さに合わせて、私が手作りした小さなイーゼルが気に入っているせいかもしれません。ひょっとして、これまで旅行の合間やドライブの途中で、積極的に美術館を訪れた〝成果〟かも。名画を前に悠は、わかっているのかどうか、「わぁー、ステキ。美しいわ」とつぶやくのが笑えます。

絵を観るのが好きでパリを訪れたという綾さんの先月のお便りを読んで、ルーヴル美術館に二度行った時のことを思い出しました。どちらも仕事の合間で慌ただしかったのですが、憧れのモナリザの前で長い間、うっとりと過ごしたのを覚えています。

子どもの頃から絵を観るのが好きでした。心にいろんなことをもっていても、絵を観ていると無心になれるのがいいですね。絵を描き始めてからは、「これは、どう描いているのかな」「なぜ、こんな表現をしているのだろう」と描き手側に気持ちを寄せていけるので、鑑賞の楽しみがよりふくらんだように思います。

いつか、悠が大きくなったら、パリへ一緒に絵を観に行きたい……とここまで書いて、重大なことを思い出しました。おいしいもの好きで食いしん坊な私ですが、バターやチーズがどっさりのフランスの食事がまるで食べられなかったのです。一回目で懲りて二回目はスーツケースの半分以上にレトルトのおかゆを詰め込んで行ったほど。ところが文化の違いか、ホテルの部屋にポットがなく、いちいちお湯をもらうのも面倒で、しまいには冷たいままのおかゆを食べましたっけ。

ああ、どうしましょう。絵は観たいし、食事は苦手だし。この悩み、実際に行けるようになった時に考えることにしますね。

■2014年／9月号――岩元綾から大平光代さんへ
父の宿題

九月に入ってもまだまだ暑い日が続いていますが、ご家族そろって夏を元気に楽しく過ごされたことと思います。

悠ちゃんと大平さんが並んで絵を描いておられる姿が目に浮かびます。どんな絵が生まれるのか楽しみです。パリに絵を観に行かれる日も近いことでしょう。

大平さんはパリで食事に難儀されたそうですね。私たちがパリに行った時は、ちょうどテレビに出演した後でしたので、日本の観光客が私たち家族に声をかけてくださり、おいしいお寿司屋さんを紹介してもらったりしました。

パリのダウン症専門の病院を訪ねた時のこと。バカンスでドクターたちは留守で、事務の方が私たちに院内を案内してくださいました。「七〇歳の方でもこの病院に通院されているのです」と話され、私もダウン症者本人として勇気づけられました。その帰りに大通りを歩いていて、地下に入っていく人たちの後をついて行くと、なんと日本のコンビニのようなところがあって、おにぎり、カップラーメン、のり巻きが陳列台に並んでいました。とても嬉しかったのを思い出します。

パリを離れる夜は日本人が経営するレストランで、日本風のフランス料理でごはんを食べられることの喜びに浸りました。これが私たちのパリでの食事体験ですが、今は和食が世界遺産になったので、もう心配する必要はないかもしれないですね。

さて、わが家の一大事をお知らせしたいと思います。

父が祖父と曾祖母たちの墓参のため、六月二四日から七月六日まで北朝鮮へ叔母（父の妹）と二人で行ってきました。その時の様子がテレビに何度も映り、父の留守中にも知らない方々からも次々に電話があったりしました。敗戦後、父たち家族は命からがら38度線を越えて引き揚げてきたと言います。その時、ハムフン（咸興＝かんこう）という街の丘に祖父と曾祖母たちを葬ってきた、まだ一三歳だった父にとって墓参は長年の宿題だったようです。私の知らない父の歴史に触れたような気がしました。父の戦後がやっと終わったのだと母が言いました。

父たちが命をかけて生きて帰ってきたから、今の私が命の灯を受け継いでいるのだと思います。

■2014年／10月号――大平光代から岩元綾さんへ

人と人のつながりが一番！

朝晩は空気がいちだんとひんやりして、秋らしくなってきました。綾さんやご両親もお元気でお過ごしのことと思います。

今年は各地で豪雨による土砂災害が頻発したせいか、嬉しいはずの季節の変化も心弾むことはありません。私の住む山里にも土砂災害の爪痕がまだ残っています。

少し高台にあるわが家に被害はありませんでしたが、町内の二〇軒近いお家が壊れ、娘の悠が通う小学校の運動場と教室の一階にも土砂が押し寄せました。近隣の被害を受けなかった学校の先生方が、いち早く駆けつけて教室の土砂をかき出してくださり、二学期の始まりには間に合いました。

少し落ち着いた今、振り返ってみると一番大切なのは人と人のつながり。自然の猛威を前に人間は為すすべがない存在です。さまざまな対策を講じても、所詮は小さな知恵でしかありません。

当初、道路が寸断されていたので重機が入らず、すべて人の手で復旧が進められました。私の住む地域ではありませんが本願寺さんから早々とボランティアが入って活躍され、多くの人が感謝していました。本当に人の手のたくましさ、あたたかさを痛感しています。

私にできることは、と考えた時、力仕事は無理だし、悠がいて邪魔になるだけ。そこでふだんから備蓄している二か月分の食料品や生活用品をお配りすることに。隣のアトリエも被災した方が次の住まいを見つけるまで住んでいただいています。ほんの少しですがお役に立ててホッとしました。

地球温暖化が進み、これからはどこに住んでも絶対に安全と言い切れる所はないように思います。温暖化にきちんと向き合い、対策を講じることも早急の課題ですが、その時に人がどう助け合うかが大切。お隣に誰が住んでいるかわからない暮らしは気楽なようでいて、とても恐ろしいことだと思います。

大変な経験でしたが、悠はとても元気に過ごしました。大雨と雷の夜も爆睡していましたし、断水で水が出ない時に紙コップを使っていると「キャンプみたいやね」ですって。少しの間のサバイバル生活に私はグッタリと疲れたのに、いやはや、か弱かった悠が心身ともにたくましくなりました！　おかげさまで楽しく二学期を過ごしています。

■2014年／11月号――岩元綾から大平光代さんへ
自然の猛威から学んだこと

日一日と秋が深まってきました。空が高くなり山の端が近寄ってくるようです。

この夏の土砂災害に心からお見舞い申し上げます。まだ小学二年生の悠ちゃんにとっては大変なショックだったでしょうに、元気で学校に行っておられるとのこと、とても嬉しく思っております。

私も二一年前、大学一年の夏に二つの災害を経験しました。八月一日、私の住んでいる鹿児島県霧島市は集中豪雨に襲われ、降りやまないものすごい雨の中、ドーンと雷が落ちたような音とともに三〇〇メートルぐらい離れたところでがけ崩れが起きたのでした。ちょうどその時、教師をしていた父は全国作文の会で高知県に行っていて留守でした。

がけ崩れに加えて川の水位も上がり、洪水となって「人が亡くなったぞー」という声が闇の中から聞こえてきた時は言いようのない恐怖を味わったのを思い出します。母と二人、「逃げる時はご近所の方たちと一緒に逃げようね」と語り合ったものです。

長い夜が明けても父は帰らず、何の連絡も入りませんでした。当時は携帯電話もなかったのでなかなか連絡がつかず、ただ待つだけでした。その頃、父は宮崎空港から車を乗り継いで霧島市の家の近くまで来たのですが、道路も寸断されていてフェリーで錦江湾を渡り、さらに迂回してわが家へ向かったと言います。電話を探してかける余裕もなかったそうです。帰り着いたのは夜でした。

さらに、その五日後に発生した8・6水害で鹿児島市内は未曽有の被害を受けました。川の増水や氾濫、石橋の破壊、土砂崩れなど、想像を絶する災害に襲われ、親戚や友人たちの家が水に浸かりました。その後に見た災害の爪痕とあの不安な夜を忘れることはできません。

自然の猛威を私たち人間の力では止めることはできませんが、助け合いながら今生きている命を大切にしなければと改めて痛感しています。

さて、嬉しいニュースをお知らせいたしま

す。私が出演したＡＢＣラジオ・特別番組「〝ダウン症〟は不幸ですか？　新型出生前診断スタートから一年ダウン症への思い」が平成二六年日本民間放送連盟賞・ラジオ報道番組部門で最優秀賞になりました。受賞を記念して、平成二六年度文化庁芸術祭参加作品として今月一一月一六日（日）の午後八時より再放送される予定です。

■２０１４年／12月号――大平光代から岩元綾さんへ
ステンドグラス教室

秋の日のできごとです。別棟のアトリエの前で「ブーン」という音がして見上げると蜂、そして大きな巣が軒下にぶら下がっています。いつの間に……とびっくり、毎日通っているのに気が付かなかったのです。

調べてみるとスズメバチの中でもとくに気性の荒いキイロスズメバチです。高い所にある巣なら放っておいてもいいらしいのですが、あまりにも近すぎるので駆除をお願いすることに。全身、完全防護服の業者さんが来てくれて、一時間半ほどで巣はなくなりました。「ごめんね」と心の中で手を合わせましたが、自然との共存といいながら都合の悪いものは排除する自分勝手な私です。

急いで蜂の巣を退治したのには理由がありました。じつは九月からステンドグラス教室を開いているのです。生徒さんといっても友人、知人ばかりで、大阪からわざわざ車で来られるグループもあります。たぶん田舎へ、ピクニック気分を兼ねてというところでしょう。

若い頃からステンドグラスが好きで、こちらへ引っ越してから少し習い、のめり込んでステンドグラスの絵本『ひかりの里のハル』（本願寺出版社）まで作った私……。以前、対談させていただいた釈徹宗さんから、「しかし、何でもやる人やなあ」と笑われましたが、教室を開いたなんて知ったら、ますますあきれられることでしょう。

でも、人に何かを教えるって楽しいですね。全くの初心者ばかりですから、ガラスの選び方や構図の取り方など、「きほんのき」から教えます。ところが私、基礎をしっかりと踏まずに大作に挑戦してきたので、今改めて生徒さんに制作過程を示すための小品を作っています。初心に戻るって本当に新鮮です。

ステンドグラスのようなものにも、それぞれに性格が出るのが不思議です。慎重、大胆、几帳面、大雑把……作っている様子にも作品にも個性が表れて、「みんなちがって、みんないい」を実感。それに何気ないおしゃべりがとても楽しいのです。私はフツーの生活をあまり経験してないせいか、世間話や井戸端会議が面白くてテレビの話題などに「へえー」と興味津々、つい身を乗り出しています。

自然災害が多発し、いろいろなことを考えさせられた今年もあと一か月。どうぞ良いお年をお迎えください。

■2015年／1月号――岩元綾から大平光代さんへ
ポジティブな生き方から学んだもの

新春のお慶びを申し上げます。皆さま、お元気で新年をお迎えのことと思います。大平さんと書簡を交わすことができ、実りある一年間でした。成長していかれる悠ちゃんを知ることができたのが嬉しく、また水害で大変な思いをされたことには胸を痛めました。

大平さんから多くのことを学ばせていただき感謝しています。念願の絵を描き始められ、さらにステンドグラス教室を開設されるなど、次々に夢を叶えていかれる大平さんのバイタリティー溢れる生き方に感銘を受けました。なんというポジティブな方なのでしょう。私は消極的なところがあるので、本当に学ぶべきことがいっぱいありました。今後もどうぞよろしくお願いいたします。

ステンドグラスといえば、母も私も大好きです。パリに行ってノートルダム寺院の壮大なステンドグラスを見上げていて、光が差し込んできた時の感動は忘れられません。

その感動が焼き付いていたのでしょうか。小学校入学の時から薬を飲まなければならなかった私のために母がきれいな和紙を貼り「綾の薬」と書いてくれていましたが、年月とともに和紙が汚れて破れてしまいました。そこで母は、透明な密閉容器に通販で買ったステンドグラスの材料で赤や黄色のバラの花の絵を描いてくれました。これは毎朝、薬の時間にテーブルにちょこなんとお目見えです。

いつの日か、大平家の絵画展やステンドグラス展を拝見できるように家族で元気でいようと話し合っております。絵本『ひかりの里のハル』も読んでみたいと思います。それにしてもキイロスズメバチの退治が無事、アトリエ開設まで間に合ってよかったですね。

さて九月号でもお知らせした「父の宿題」の続きですが、昨年一一月、父が所属している鹿児島子ども研究センターの主催で北朝鮮墓参の報告会が開かれました。予想を超えて多くの方々が集まって来られ、会場を広げたり資料を刷り増ししたり、きれいな花籠も届いたりで先生方も嬉しい悲鳴でした。

敗戦後、命からがら38度線を越えて引き揚げてきた父の壮絶な少年時代の話をじかに聞いたのは初めてでしたので、胸がいっぱいになりました。辛い思いをして、生き延びてきた命だから一日でも長く生きていてほしいと願っています。

■2015年／2月号――大平光代から岩元綾さんへ

ひかりの春に

寒い寒いと言いながらも、日が長くなり日差しもずいぶん明るくなってきました。ほんものの春はまだまだ先ですが、今はまさに「ひかりの春」ですね。

早いもので、綾さんとのお便り交換もそろそろ二年を迎えようとしています。小学校に入学したばかりだった悠が、四月からはなんと三年生に。鼻水を垂らしながら、コンコン咳をしながら、それでも学校を休むことなく元気に過ごしています。

悠がこんなに健やかに成長してくれたのも、本当に綾さんとご両親のおかげだと感謝しています。

振り返れば、綾さんとの「出会い」は病院のベッドの上でした。悠が生まれてダウン症だとわかった時、生まれてきてくれただけで嬉しかったけれど、やはり不安でいっぱいだった私は、夫にダウン症に関する本を買ってきてくれるように頼みました。

帝王切開で出血がものすごくあり体調も悪い中、看護婦さんに見つかったら叱られるので布団をかぶって懐中電灯の灯りで本を読みあさりました。イスラエルの文献も含めて（笑）、全部で二〇冊ほどの本の中に、綾さんのご両親が書かれた『走り来れよ、吾娘よ―夢紡ぐダウン症児は女子大生』（かもがわ出版）があったのです。

一気に読んで救われました。他の本は医学用語、専門用語が難しいうえに、気持ちが暗くなる内容ばかり。母親が希望をもてる本などない中で、ご両親のご著書は一筋の希望の光となりました。何度も読み返し、私も愛情をたっぷりと注いで大切に娘を育てていこうと素直に思うことができたのです。

その後、綾さんご一家と数回お会いする機会がありましたが、そのたびに皆さんは、温かくやさしい気持ちを私の胸いっぱいに注入してくださいました。お母さまの「子育てを楽しんで、日常を一生懸命に過ごすことが大切」、お父さまの「子どもを〝育て〟すぎず、〝育ち〟の芽を伸ばしてあげて」という言葉に励まされて今日まで歩んできたように思います。

これからも思うようにならないこと、心が折れそうになることがたくさん起こると思いますが、くじけずにしぶとく家族三人で頑張っていこうと思っています。

綾さん、お父さま、お母さまがこれからも仲良く、お幸せに暮らしてくださることを心から願っています。

■2015年/3月号――岩元綾から大平光代さんへ
万感の想いを込めて

各地から美しい花だよりが届く春三月は、別れの時でもあります。往復書簡もいよいよ最終回。この二年間、ひと月おきに届く大平さんからのお手紙は、私に勇気と感動を与えてくださるものでした。

丹波の厳しい冬、春の訪れ、夏の豪雨による大きな災害、そして実りの秋、季節ごとのお便りの中に大平さんの前向きな、たゆまない挑戦が織り込まれていて、圧倒されました。絵を描くためのアトリエの完成、大好きなステンドグラス教室の開設などなど……。

その中に、悠ちゃんの成長を垣間見ることができるのは私にとって楽しみの一つでした。頬を真っ赤にして、鼻水垂らしながらでも一日も学校を休まないという悠ちゃんと、幼い頃の自分をつい重ね合わせておりました。

とくに先月のお便り「ひかりの春に」はとても感動的で、読んでいて自然に涙が出てきました。側で読んでいた母も涙ぐんでおりました。

大平さんが病院のベッドで無理をおして読んでくださった『走り来れよ、吾娘よ』を出版してから一七年。一昨年一二月、私たちは一五周年の祝賀会を開くことができました。あの本の出版の時、泣いて反対した私に母が「綾には、酷なことだとはよくわかっています。でも、あなたの努力と粘り強さを世の中に知らせることで、どんなに多くの人が勇気づけられるか……」と涙をこらえながら言ったのを忘れません。今思うと、あの時、両親が勇気をもってこの本を出版したことで、私は障害を受け入れて社会に飛び出し、世界にも羽ばたくことができたのだと思います。そしてたくさんの方々との出会いがあり、その一つ大平さんとの出会いは私の大きな財産です。

ＮＨＫ教育テレビの対談で初めてお会いした時の悠ちゃんは、か細く、壊れそうな赤ちゃんに見えましたが、四月には元気に小学三年生になられます。命の奇跡を感じています。今、ダウン症の赤ちゃんが生まれないようにする、命の芽を摘む動きが広がっています。悲しいことです。

私は思うのです。ダウン症があったからこそすばらしい経験ができ、素敵な出会いがあったのだと。

大平さんとの出会いと、両親に感謝をこめて。

（この往復書簡は、「大乗」２０１３年４月号～２０１５年３月号に連載されたものです）

3章

旅——いのちとの出会い、別れ、そして再会

1　東北・盛岡への旅

二〇一五年秋、私たち家族は一〇月に二つの学会の講演に招かれて岩手県盛岡市に一週おきに二往復するというかつて経験したことのない、旅に出ることになりました。

鹿児島空港から大阪国際（伊丹）空港で乗り継いで花巻（愛称：いわて花巻）空港へ。発つ前に家族三人で強行軍になるけれど、何とか無事に講演をやり遂げようと話し合っていましたので、遠く盛岡までの旅にその思いを持ち続けることにしたのでした。

午前一一時すぎに鹿児島を出て、花巻に到着したのは午後三時一五分。ずいぶんと遠くまで来たのだと実感しました。

岩手県には一四年前（二〇〇三年）の福島での講演旅行の時に足を伸ばして宮沢賢治記念館などを回ったという思い出があり、感慨深いものがあります。

空港からホテルへ向かう街並みが秋の陽光を受けながらきらきら輝いてとてもきれい

で、バスの窓からは岩手山が見えていました。初めて見る盛岡はすばらしい大自然に囲まれた静かな街でした。

講演会場の盛岡市民文化ホール（マリオス）がホテルに近い所にあるということもあり、気楽に新調した歩きやすい靴でルンルン気分（笑）。

その夜、ホテルメトロポリタンＮＥＷ ＷＩＮＧに宿泊。ベッドと畳のある和洋折衷の素敵なお部屋で、ホテルの部屋に関心のある私にとって大満足の客室でした（笑）。

●第56回日本母性衛生学会に参加

一〇月一六日　第56回日本母性衛生学会総会・学術総会（市民公開講座講演会）。テーマは　―つないでいこう未来への母性医療―　～イーハトーブからのメッセージ～。

講演会当日の午前中に時間をつくり、ホテルの部屋でスピーチ原稿の最終チェックを終えて、講演会場の盛岡市民文化ホールへ。このようなマンモス会場でスピーチできるとは思わなかったので、驚きでした。

始まる前に舞台裏の控え室で、岐阜の長良医療センターの川鰭市郎先生と三年ぶりに再会して感動でした。さらに私たち家族の講演会の座長をしてくださるというので、心強く嬉しく思いました。講演会開始までまだ時間があったので、川鰭先生がパソコンを開いて、私たち家族に梓乃《しの》ちゃん（川鰭先生のお嬢さん）のとてもかわいい動画を見せてくださったのでした。

思えば二年半前、岐阜長良医療センターにお招きいただき、初めて川鰭先生ご夫妻にお会いしたのでした。長良川近くの美しい桜並木を案内してくださった時、母が「こどもはいいものですよ。お一人いかがですか」といきなり言い出しましたので、私は驚きました。「もう、こどもは無理だと思います」と奥さまは静かに笑っておられました。

あの時、影も形もなかった梓乃ちゃんが画面の向こうで天使みたいに笑っているのです。（目元は川鰭先生似かな、奥さまに似ているのかな？）

私はいのちの奇跡を改めて強く思いました。

この時の川鰭先生との出会いが私たち家族を再び岐阜へといざなってくれたのでした。父はこの学会で、日本ペンクラブ会長の浅田次郎先生（当時）のすぐ後に講演しなければならなかったので、恐縮しながらの話でした。

講演が始まる前から多くの方々が私たちに声をかけてくださって、遠く奄美大島・徳之島から来られている方もありました。

夜は宿泊先のホテルのメトロホールで懇親会。聖路加看護大学の御手洗さまなど、懐かしい先生方との再会で想い出話に花が咲きました。

盛岡の名物・わんこそば大会がにぎやかに開かれました。御手洗さまや大会会長の福島先生も選手として参加され、食べて、食べて大奮闘。大会は盛り上がって多数のお椀の山にびっくり！　日頃、いのちと向き合っておられる方々のつかの間の宴だったのでしょうか。初めてわんこそば大会を実際に見ることができ、とても楽しい一夜でした。

岩手看護短期大学の橋本扶美子先生とお別れのご挨拶をして、懇親会場を後にしました。橋本先生は後に心温まるお手紙と一緒にベビーアルパカのかわいいスヌードを編んで送ってくださいました。橋本先生とはまたいつかどこかでお会いしたいなあという思いです。

次の日、講演会を無事に終わることができ、次の講演先に急いで行かれる川鰭先生とお別れしてホテルに帰りました。ほっとしたと同時に、また一つ達成感をひしひしと味わうことができました。

盛岡の街に心を残しながら、一週間後に開かれる第60回日本新生児成育医学会・学術集会の講演を控え、体調を整えるために大事を取って鹿児島に帰ることにしました。

2　再び盛岡へ——啄木・賢治の故郷への旅

わが家で六日間の休養を取って、二三日に再び盛岡へ出発しました。しっかり体調を整えていたつもりなのになんと私が鼻風邪を引いてしまって、まさかの事態に大ショック！　鼻水が止まらないまま、鹿児島を発つことに。

再びの盛岡はホテルも同じメトロポリタンＮＥＷ ＷＩＮＧ。

鼻風邪は盛岡に着いてからも続き、なかなか治らず、どうしよう、と焦る気持ちをホテルの部屋で落ち着かせようとゆっくり休みを取りました。

夕方、懇親会に参加して堺先生ご夫妻と初めてお会いしました。各専門分野の先生方のお話を聞きながらいろんなことを学ぶことができました。

●第60回日本新生児成育医学会・学術集会に参加

一〇月二四日の講演会場は日本母性衛生学会の講演会でスピーチをした同じ会場の中ホール。再びここでスピーチできることは大変嬉しく、意義のあることでした。この会のスローガンは　～生命を育み、縁を紡ぐ～。

大会会長は「さかいたけお・赤ちゃんこどもクリニック」院長の東北大学教授堺武男先生。堺先生はとてもやさしく気さくな先生で、石川啄木の熱烈なファンでもあり、後に熱いメールをいただきました。

座長の橋本武夫先生とは事前に鹿児島市立病院でお会いしていましたので、今回の特別講演の座長をしてくださるのは心強いことでした。

私のスピーチが進むなかで、治りかけたはずの鼻風邪がぶり返してしまい、何度もティッシュで止めつつも「すみません、鼻風邪を引いてしまいまして……」とマイク越しに謝りながら最後までスピーチを終えることができました。

会場は立ち見が出るほどたくさんの方々が聞いてくださり、終わった後は万雷の拍手が長く長く続き、私にとって忘れることのできない講演会になりました。

講演を終えてステージを去る前に、堺先生より感謝状と記念品をいただきました。舞台の中央で橋本先生に〝Hug〟「ハグ」され、少し恥ずかしかったけれど温かい心を持たれる先生だなと、改めて強く感じました。

この講演会の中での、たくさんのすばらしい先生方との出会いは、一つひとつが大切な忘れられない想い出となって、はるばる鹿児島から盛岡に来てよかったとつくづく思いました。

また、ＪＤＳ（日本ダウン症協会）東北ブロックから各支部の方々がおいでくださり、福島の菅野さま、宮城・仙台の武田さま、荒川智子さんのお母さまともお会いでき、いろんな話に花を咲かせてとても楽しいひとときでした。母は講演が無事終わったのでほっとしたのか、ぼーっとしていて皆さんとろくに話もしないで……と悔やんでいました。

ホールの外で沖縄県立北部病院の宮城雅也先生と一五年ぶりの再会。二〇〇一年に講演で沖縄に行った時に高良先生とご一緒に私たちをお招きくださったことが懐かしく思い出されます。宮城先生は「一五年ぶりに綾さんの話を聞いて英語・日本語ともにすばらしかった。あれから大きく進化した」と言ってくださり、大変嬉しく思いました。

講演会は大成功裏に終了し、サインセールのためホールの外に出るとなんと、私の本のサインを求める方々の列でいっぱい、びっくりでした。

サインをしている間にも〝涙が出た〟〝感動した〟〝元気をもらった〟など、多くの方々が声をかけてくださり、書籍のサイン会で三〇代ぐらいの男性が「この詩（3・11東日本大震災に寄せた私の詩「銀の白鳥」）の朗読を聞いて涙が止まりませんでした。これから被災地の会に行くところです。あんなに上手にはできませんが、この詩を使ってもいいですか」と話されました。この時会場に流れたのは、南日本放送のアナウンサーをされていた澄本禎子さまが朗読されたものでした。

盛岡は東北と言っても被災地と少し離れていると思っていましたので、私にとっても感動の出来事でした。

ホテルに帰ってからも講演会場での熱気は冷めることなく、ホテルまでも続いていました。ロビーで、埼玉医科大学総合医療センターの田村先生が私たち家族のところに駆け寄ってこられ、「とてもすばらしいスピーチでした。感動しました。これからも頑張ってください」と話してくださり、嬉しく心強く思いました。

また、ホテルのベンチで休んでいると一人の若い女性が近づいてきて、私たちの前に立ち止まると、深々と頭を下げてそのまま立ち去ってしまわれたのです。あっという間の出来事で、何か言いたかったのではといつまで心に残る出来事でした。

後日、二つの会に関わられた三浦史晴先生より次のようなメールをいただき、感動でした。

「おかげさまで、第56回日本母性衛生学会は一五〇〇人を超える参加があり、盛会のうちに終えることができました。

これも岩元さんをはじめ、学会にご協力いただいた方々のおかげと心より感謝している次第でございます。

岩元さんの御講演も両学会ともに大盛況で、心に響くものをたくさん感じさせていただきました。

日本新生児成育医学会では、立ち見もいっぱいで会場に入れなかったくらいでした。ある会員は感動し、ある会員は涙して聞いておられました。

私も今回の御講演を拝聴していろいろなことを学ばせていただきました。加えて日本母性衛生学会を主催する立場を経験させていただき、これもまた様々な勉強をさせていただきました。

すべてのことに感謝できる人間でありたいと願っておりますが、まだまだその境地には至りません。今回の出会いを大切にして、明日からの糧とさせていただきます」

命を支える方たちの二つの会を通してたくさんの人たちと出会い、私自身も多くのことを学ぶことができました。まだまだ伝えきれていないことがあると思いますが、これからの活動に活かしていきたいと思っています。この講演会にお招きくださった皆さまに感謝、感謝!!

講演会終了後の余韻を胸に秘めながらせっかく盛岡まで来たので、市内観光をすることに。この日、少し薄雲はありましたが、晴れ間がのぞいて観光するのにとてもいい天気でした。

ホテルを出て、もりおか啄木・賢治青春館に行く前に観光タクシーで啄木新婚の家へ。私たち家族が啄木新婚の家で中を見ながらぐるぐる回っていると、日本新生児成育医学会での私のスピーチを聞かれた二人の横浜の大学の先生方とお会いしました。

「感動しました。ありがとう。また機会があれば自分たちの大学にも講演に来てほしい、綾さんの生の講演を通してこれから医療の場に行く看護学生に学ばせたい」と大変嬉しい言葉をいただきました。

この家の啄木と節子夫妻の新婚ほやほやの二人の部屋の中に足を踏み入れた時は、四畳半というこんなに小さな部屋で貧困に耐えながら二六歳の若い命をつないで生きていたのだなーと思いを馳せました。

啄木新婚の家を後にした私たち家族はもりおか啄木・賢治青春館へ。ここはちょっと北九州・門司のレトロ地区に似たような建物。

岩手山を望むもりおか啄木・賢治青春館には二六歳と三七歳の若い命をつなぎ、駆け抜けていった二人の展示物が展示されていました。

共に故郷を想いながらそれぞれ違う道を歩んで行った人生は、どんなものだったのか計り知れないものがあります。その展示物の一

啄木新婚の家

つひとつを見ていくうちに、何か私の心に熱いものを感じました。故郷の岩手山が二人を映し出しているようにも見えました。

賢治が肥厚性鼻炎で入院していた岩手病院（現在・岩手医科大学附属病院）を通って、石割桜の大木の前で観光タクシーを降りました。国の天然記念物指定（一九二三・大正一二年）の盛岡地方裁判所構内に立つ石割桜。どっしりと岩の上にそびえたつ石割桜の大木の雄姿に元気をもらいました。満開の石割桜が見られるのは四月半ば頃だといいます。東北・盛岡の春はまだまだ遠いのでしょう。

滞在中、盛岡は思っていたよりもぐっと冷え込むような寒さはなかったけれど、それでも朝夕は少し肌寒く感じました。

石割桜の前で

たっぷりと時間をとって、盛岡市内を観光することができ、観光タクシーの運転手さんのやさしい説明で私の知らない街の歴史を知ることもできました。

五〇〇〇円紙幣の肖像で知られ、地元（盛岡）出身の新渡戸稲造の銅像の前を通って広々とした御所湖の美しい景観を望む盛岡市郊外のつなぎ温泉へ。

ＪＲ盛岡駅でつなぎホテル紫苑行きのバスに乗車。車窓から見える御所湖の澄み渡る風景がとてもきれいでした。ホテルに向かう御所湖沿いの湖畔の湖岸線が龍の尾のようで素敵でした。湖を望むゆったりしたつなぎホテルに一泊。夕食の部屋食もとてもおいしかった（笑）。

盛岡郊外の御所湖と岩手山

盛岡での講演旅行の最終日、離れるのはちょっと寂しいものがありましたが、私にたくさんの想い出をつくってくれた盛岡の街に心から〝ありがとう〟と言いたい気持ちになったのでした。

岩手山の頂に少し雪があるのが部屋の窓から見えました。東北地方では一〇月が紅葉の美しい季節。木々の間からちらほら紅葉が見え始めていました。御所湖の湖岸線には赤色を帯び始めた紅葉が美しく映えていました。

私にとって盛岡での講演旅行は充実した意義深いもので、忘れることのできない想い出となりました。

3 鵜飼と美濃和紙へのいざない

二〇一六年六月、私たち家族は岐阜へ旅立ちました。「(川鰭) 市郎先生卒業記念／長良医療センターと愉快な仲間たち　大同窓会」に参加するためでした。長良医療センターで長きにわたって周産期医療の第一線で指揮された川鰭先生が退官されるとのことで、そのお祝いセレモニーになんと私たち家族も招待されたのです。

会場に入るとすぐに、いのちをいきいきと生きている梓乃ちゃんのかわいい笑顔がありました。二歳になった梓乃ちゃんは「おかあさん、お母さん」と呼びながら走り回っていました。

この会は医療センターの先生方やそのお仲間が集まって計画されたということでした。ジャズシンガーの奥さまの美しい歌声もすばらしく、ジャズシンガーとしてだけでなく母としての強い姿を見ることができました。

医療ジャーナリストの伊藤さまをはじめサッカーのラモス瑠偉《るい》さんもおられて、私たちに親しく話しかけてこられました。

（昨年一〇月に盛岡で開かれた）日本新生児成育医学会で私たち家族の講演の座長をしてくださった橋本先生ともお会いできました。

セレモニー会場には多彩な方々の参加があり、ユニークなすばらしいスピーチをされました。私も短いお祝いの言葉を述べました。川鰭先生は、挨拶の中で「あなたと出会えて人間の可能性を信じることができました。ありがとう」と言って、ハグしてくださいました。胸に熱いものが込み上げ、岐阜に来てよかったと思いました。

　岐阜旅行二日目は前夜の感動の余韻が消えないまま、名古屋ボストン美術館へ。

　名古屋ボストン美術館はアメリカのボストン美術館の優れた所蔵作品を順次展示する世界唯一の姉妹館だそうです。たくさんの絵画も展示されていましたが、なかには私の好きなモネをはじめとする印象派の絵画が数点あり、今まで見てきたのとは趣の違うモネの絵の前でパリでのことを想い出していました。

　その夜、ちょっと早い夕食を取り、鵜飼観覧船の船着き場へ。

　この日はあいにく雨が降っていましたが、初めて見る鵜飼は迫力があって雨の中でも風

鵜飼のかがり火

情があり、幻想的でした。

船の舳《へさき》に掲げられたかがり火の光のもと、鵜匠《うしょう》が綱を操りながら鮎をとる様子を屋形船の上で実際に見るのは圧巻でした。

じつは、せっかく岐阜に来たので郡上まで足を延ばそうかと話し合っていたのですが、行けないまま鵜飼の船に乗り込んだのでした。すると、船の向こうを郡上おどりの中の「春駒」を踊っている船がありました。船の上で踊りながら往来する姿を見ることができて「鵜飼」とあわせ、最高の夜のひとときでした。

岐阜旅行もいよいよ最終日。

岐阜の街を離れるのは名残惜しいと思いつつ、ぜひ行ってみたい所が一つありました。

郡上おどり衆

それが美濃和紙あかりアート館（美濃和紙あかりアートミュージアム）。二年前の二〇一四年に「石州半紙」（島根県浜田市）、「細川紙」（埼玉県小川町、東秩父村）の二つの和紙に続いて本美濃紙がユネスコの無形文化遺産登録されたことをニュースで聞いていたので、一度行ってみたいと思っていました。

美濃和紙のランタンの温かい光が素敵でした。和紙を作る道具も展示されていて、紙が作られていく過程をうかがい知ることができました。お土産に小さい美濃和紙のランタンを買って。

最後に卯建《うだ》つの上がった屋根の街並みを見て、帰途につきました。

この旅もまた、命を支える人々とのすばら

美濃和紙のランタン

しい出会いの旅でした。何よりも、梓乃ちゃんのいのち溢れる笑顔がいつまでも心に残りました。

4 いのちの奇跡とやさしさを感じた大阪の旅

二〇一七年六月、私たち家族はいのちを支える人々との再会を期して、大阪に旅立ちました。第59回日本小児神経学会に出るためです。久しぶりの大阪行きで、飛行機の小窓から大阪のシンボル・淀川を見ながら行くのは感慨深いものがありました。

体調を温存させるため、私たち家族は会の初日（一五日）の昼前に出発しました。都会に弱い私たち家族は伊丹空港からリムジンバスに乗り、大阪駅前でリーガロイヤルホテル大阪行きのシャトルバス乗降所を捜すのにひと苦労。やっとバスに乗り込んで、二〇一四年にＡＢＣ朝日放送のラジオ番組の取材で行った時と同じ道をバスに揺られながらホテルに向かっているのが懐かしく思い出されました。私にとって三年ぶりの大阪でした。

ホテルに着いて中に入ると、広々とした建物の中はまるで一つの街のようで、街なかの交差点を人々が行き交っているようでした。ここでたくさんの人々が出会うのだろうと思いながらロビーで待っていると、向こうからかもがわ出版の鶴岡さんが来られるのが見えました。そしてこの秋、出版しようとしている本の打ち合わせができ、ようやく『愛おしきいのちのために』がスタートラインに着けたのでした。

夕方、大阪在住の従姉妹たちが会いに来てくれました。いつも私を妹のようにかわいがってくれる従姉妹たちと、ホテルの和風レストランの一室で歓談できたのは思いがけず嬉しい出来事でした。

次の日、私たちは今年で59回を迎える日本小児神経学会の分科会に出席するため、大阪国際会議場に行きました。この大会の会長で大阪医科大学の玉井浩先生（JDS理事）に、出版予定の私の本に対談のお相手としてご登場いただくことになっていたからです。この会は全国の小児科医、産婦人科医や研究者などで構成されていますが、一般参加としてダウン症や心身に障害がある本人と家族が集うという大きな会でした。

両足裏に生まれつき胼胝《たこ》やウオノメを抱えている私にとって、ホテルから外に出ることなく、そのまま会場に行けるのでひと安心でした。会場に入るとあまりにも広くて迷って

大橋博文先生との再会

しまいそうでしたが、最初に、「カナダにご一緒しました福岡です」と声をかけてくださったのは赤ちゃん体操の福岡希代子先生で、とても懐かしく感じました。岡山の山陽学園大学の上地玲子先生とも九年ぶりの再会でしたが、少しもお変わりなく嬉しく思いました。

この分科会はダウン症成人期のことが討論されていて、ダウン症者本人の私にはシビアなもので、少々疲れました。でも、午後は学生食堂でもたくさんの先生方や講演旅行先で私のスピーチを聞いてくださった方々、ＪＤＳの水戸川さんとの嬉しい再会があって、少し元気になりました。

今回、どうしてもお会いしたいと思ってい

た埼玉県立小児医療センター遺伝科の大橋博文先生と十数年ぶりに再会できました。一四年前、二〇〇三年に大橋先生企画の医学誌「小児科診療」（診断と治療社）に寄稿させていただき、この時初めて自ら「私は昭和四八年に鹿児島大学附属病院でダウン症者として生まれました」と自分の障害を告白し、その気持ちを書いたのを思い出します。今考えると、障害を受容することの難しさを痛感したと同時に一歩前に進むことの重みを知る出来事であり、私が卒業論文以来、初めて論文のようなものを書いた大事な契機だったと思います。大きな自信を与えてくださり、ありがとうございましたと改めてお礼を言いたいと思っていたのでした。

もう一人、東京学芸大学の菅野敦先生とは二〇〇六年、近畿大学のダウン症の集いでお会いしました。一一年ぶりの再会です。また大橋先生も菅野先生も私の姿を見て「ちっとも変わらない」と声をかけてくださり、懐かしく胸がいっぱいになりました。。

昼、学生食堂で玉井浩先生の娘さんの美帆さんと初めてお会いしました。お母さまが「二〇歳になりました」と話され、私の母も感無量のようでした。遺伝カウンセリング学会の会場で、私のスピーチを涙を流しながら聞いておられたと母が話してくれました。とても美しく成長されて現在、年齢や障害を越えて子どもからおとなまで参加するダンススクール「ラブジャンクス」※で踊っていらっしゃいます。

夜の懇親会ではいろんな分野の先生方のスピーチもさまざまで、大変興味深く聞くことができました。私も短い挨拶をしました。最初は会の最後に挨拶するのかと思っていたのですが、なんと舞台の上で宴の最中にすることに！　緊張しましたが、やっと役目を果たすことができ、舞台を降りて席に着くと、「とてもよかった」と声をかけてくださる先生方もおられてほっとしました。

大橋先生とも久しぶりにお話でき、「綾さん、相変わらずきれいだね」と言われるので、母が「大橋先生もお世辞を言われるんだね」と笑っていました。隣の席におられた菅野先生はこっそり私の年齢を母に聞かれ、「奇跡です。奇跡ですよ」と言われ、私の短い挨拶文を持って帰られたのです。いのちを紡いでここまで生きてきたのは奇跡だったのでしょうか。

また、もう一つの偶然が。私にとって今はもうふるさとになっていますが、何年も通っている霧島市の病院から小児科の酒井勲先生が来られていて、お会いすることができたことでした。とても驚き、嬉しく思いました。

スピーチの後は、「ラブジャンクス」によるダンス。センターで踊っている美帆さんは、まぶしいほどの命の輝きに溢れていました。

今回の学会で、生まれてくる新しい命と、今を生きる命と向き合いながら働いておられるすばらしい先生方とお会いできて、私自身も命の大切さだけでなく、生きることのすばらしさをまた考え直すきっかけになりました。美帆さんとの出会いもその一つで、ダウン症だからこそ今を楽しみながら生きているってことを!!

翌日の午前中に玉井先生との対談を終え、空港へ。（対談は本書4章に掲載）

空港では叔母と従兄が待っていてくれ、一緒にお茶を飲み、二人は搭乗口でいつまでも手を振ってくれました。

今度の大阪は自然の美しい山も川も見ることもなく、人間が創り出してきた素敵な文化を見て回ることもなかったけれど、でも大切な人と人との出会い、別れ、そして再会は私の心に強く残りました。

命の奇跡とやさしさを感じた大阪の旅でした。

※ラブジャンクス――子どもから若者まで多くのダウン症のある人が参加するヒップホップダンスのチーム。関東・関西・沖縄を中心に、音楽や演劇とのコラボレーションなどにも幅を広げ、公演活動もする。

4章

私に与えられた使命

対談・玉井浩先生&岩元綾

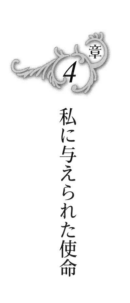

はじめに

二〇一七年六月、大阪で第59回日本小児神経学会学術集会があり、それに私たち家族で参加させていただきました。集会の会長をされたのは大阪医科大学の玉井浩先生で、日本ダウン症療育研究会の会長もされています。集会の二日目はダウン症に関するプログラムが「市民公開講座」として終日開かれました。その夜「会員懇親会」があり、開幕でダウン症のダンスチーム・ラブジャンクスのダンスと、ダウン症のある鈴木凛太郎さんのピアノ演奏があり、綾もそこで挨拶をさせてもらいました。三日目、玉井先生がお忙しい日程の中で時間を割いてくださり綾との対談に応じてくださいました。私たち両親も一緒に和やかな雰囲気の中で会話を交わすことができました。（記・父）

●配慮の届く社会に

玉井　昨晩、ピアノを弾いた鈴木凛太郎さん、すごかったですね。やはり親御さんが可能性を信じてこられた姿勢というか、そんなことが現れるのでしょうね。

岩元　ピアノはとてもよかったですね。びっくりしました。

玉井　綾さんの挨拶もすごかったですよ。言葉の発音がはっきりして皆さんよく聞いておられましたね。うちの娘はよくおしゃべりはしますが、発音がやや聞き取りにくいことがあります。

　綾さん、ゆうべはよく休まれましたか。

岩元　よく眠れました。私はどこに行ってもよく眠れます。

対談する二人

玉井　健康だとよく眠れるのです。健康なのですよ。

岩元　大橋博文先生と菅野敦先生が、私のことを二〇年前と全然変わってないと言われて、母には奇跡だと言われたそうです。

玉井　そうですか。綾さんの趣味は英語やフランス語を聞くことだそうですが、教室とかに行くのですか。

岩元　塾とか教室とかに行ったことはありません。ラジオとテレビの語学講座を視聴するだけです。

玉井　私もこのような学会には外国の方が来るので会議の前に耳慣らしをするために聴くことがありますが、昨日来られた外国の方とお話をしましたか。

岩元　話す機会はありませんでしたが、スピーチを聞いて発音がすごいなあと思いました。

玉井　わかりましたか。

岩元　はい。

玉井　話をされたＳｋｏｔｋｏさんの妹さんがダウン症ということですが、私も娘がダウン症で、やはり身近にそういう人がいると考え方が理解し合えます。そういう人たちがもっと社会に出ていくことによって人々が身近に感じるようになり、それが、普通の社会、当たり前なのだと思うようになってほしい。

岩元　はい、そうですね。

玉井　昔と比べると、車いすの方、いろんな障害のある人を街で見かけるようになりましたが、鹿児島も変わりましたか。

岩元　変わったと思います。鹿児島でもＪＤＳ（日本ダウン症協会）の準支部ができて、浜崎喜與志さんという耳鼻科のお医者さんが会長をなさって、活動も活発になっています。私が生まれた頃は、ダウン症の人などを街で滅多に見ることがなかったと父は言いますが、最近はダウン症に限らずよく見かけるようになりました。

玉井　車いすを使いやすくするなど、だいぶ環境の改善はされてきましたが、外見では援助が必要なことのわからない人もいる。外見でわかる人や「私は目が見えない、耳が聞こえない」と言える人には支援が届くけれど、それが言えない人には支援は届いていないことがある。気を遣ってくださいとは言いにくいし、言わなくても配慮が届く社会に変わってほしいと思いますね。

岩元　そう思います。

●ラジオ講座は趣味で聴く

玉井　話が英語会話に戻りますが、外国の方が来る学会などの前になると、頭の訓練というか耳慣らしに勉強することがありますが、綾さんは毎日毎日勉強しているのですね。すごいですね。

岩元　勉強というより趣味の一環でやっていると思います。

玉井　そのようにして知識を得るというのはいいですね。

岩元　はい。

玉井　私の趣味といえば、テニスを中学生時代から高校・大学卒業までずっとやっていて、それなりの成績も上げていたのです。

岩元　テニス、すごいですね。

玉井　やりすぎて腰を悪くして、おなじ姿勢を長くしているのが辛いのですが、趣味は一つだけよりたくさんあったほうがいい。いくつも趣味があるとそれぞれの仲間がいて、そこで会話ができるのも楽しい。綾さんも英会話の仲間と会ったりしますか、そんな機会は楽しいですか。

岩元　楽しいです。ふだんは一人でラジオ講座を聞いています。

玉井　ふだんは趣味の勉強をし、ほかに仕事は何かしていますか。

岩元　図書館司書の資格を持っているので、大学時代は学内の図書館でボランティアをしました。大学が鹿児島市に移って遠くなってからは、無職で、今は講演活動が仕事みたいになっています。

玉井　それは立派な仕事ですよ。講演は準備が必要です。綾さんがこの学会に来ることが決まったのは一か月ほど前ですが、準備が大変ではなかったですか。

岩元　はい、準備しました。こんなマンモス学会だなんて思ってもいなかったのでびっくりしました。でも以前にお会いしたたくさんの先生方に再会でき、とても嬉しくてよかったなあと思っています。「盛岡で話を聞きました」とか、「大阪で聞いてすごく元気をもらいました」と言ってもらいました。

玉井　そう言われると私も嬉しい。急に来てもらうことになって、本当はシンポジウムの中で発言をとも考えたのですが、準備も大変だと思い、懇親会で短いスピーチをしてもらうことにしたのです。

岩元　私もできるかなあと不安で、集会の終わりのほうでスピーチをするのだろうと思っていたのが、あんな中段での挨拶になりびっくりしました。

●父親のほうが心配で……

岩元　私は就職も考えたことはありますが、心臓の問題や、甲状腺機能低下症もあったりで、急に血圧が低くなったり体調が悪くなるので、就職は無理だろうと考えました。講演に行った時に体調を崩すこともあります。そんな時もなんとか責任を果たさないといけないと頑張っています。

玉井　そうですか。

岩元　広島での講演でも、夜中に体調が悪くなり、朝になっても回復しない。それでも私が穴をあけるわけにはいかないと、何とか乗り切って講演をしたこともありました。

玉井　すごい。大変ですね。緊張すると体調が変わるのでしょう。私の娘も、支援学校を卒業したのが去年の三月で、一年前に就労移行支援の施設に入り、二年間通って就職しようとしているのですが、通うのにバスに乗り、電車に乗り換えて四〇分ぐらいかかるところを一人で行きます。

岩元　一人で！　偉いなあ。

玉井　初めは一緒に行ったり後を付いて行ったりしたのですが、本人が嫌がり、自分で行けると言うのでそれを信じてやめました。考えると、一八歳ですからおかしな話で、自立を止めているのは親のほうではないかという気がして。妻は一人で行かせるという考えでしたが、父親のほうが心配で。

岩元　やっぱりそうか。わかります。そうなのですね。

玉井　妻は肝が据わっているというか、信じているのでしょう。私は信じないわけではないが、一度だけ後を付いて行ってやめました。来年はうまく娘に合う仕事があればいいのになあと願っています。

岩元　いいですね。

玉井　仕事に就くといっても、そこの人たちとおしゃべりしたりお弁当食べたり、交流することが好きなのです。そしてダンスも続けるのでしょう。

玉井浩先生

岩元　夕べ、お嬢さんがラブジャンクスの人たちと踊りながら、私に投げキッスをしてくれて、すごいバイタリティーがあるお嬢さんだなあと思いました。

玉井　娘の美帆は自宅で生まれたのです。私は取り上げた時にダウン症だと思ったのですが、家内は四人目ですからおなかにいる時から動きが弱くって、これは何かあるかなと感じていました。双子でしたが一人は途中で亡くなって、生命力のあるほうが生まれたのです。妻は生まれる前から何があっても育てていくと決めていました。

岩元　強いのですね。

玉井　母は強いのですね。私は仕事柄、上の三人の子の育ちの経験や、自分も含めて人が育つ仕組みといったことがこの子に当てはまるだろうかと、先々のことを考えてしまうのですが、母親は今その場ですべきことを考えるのでしょう。相談に来る親の人たちも先のことを心配していることが多い。今心配すべきこと、その子に今何をすべきかを考えることが大事だと思いますね。

　ところで、生まれた私の娘を見ていると、私に笑ってくれないが母親には笑うのですよ。自分のことを理解しきってない、信じようとしない人には笑わない、自分を受け入れてくれる人には笑顔を見せるのではないか、ハッと思いついたのです。そんな頃、娘が化膿性髄膜炎という病気になり容態が悪くなったのです。私はあちこち出掛けることが多く、なかなか帰ってこない私を待っていて、やっと帰って入院させました。危なかったこともあったのですが、なんとか元気になってくれて、命を続けることができています。このことがあって、私も小児科医としての仕事を自分に与えられた使命ではないか、娘だけでなくダウン症の子どもたちと一緒に生きていける社会にしていこうと、舞い上がっちゃって、それが二〇年も続いてきたのです。

岩元 （深くうなずいている）

●食事に気を付け　運動は継続

玉井 それからずうっと、少しでも社会が変わってくれたらと願ってきました。娘は元気になって地域の小学校に行き、中学校までは地域の支援学級ですごし、高校から特別支援学校に行ったのです。

岩元 話し方もハキハキして、明るいですね。

玉井 そうですか。日常の生活では私よりよく気が付くのです。高校に行った一五歳頃か、母親の留守に来客があったらお茶を淹れて、お茶菓子を添えて出すのです。びっくりして……。育て方というより本人の感覚なのでしょう。母親をよく見ているのでしょうね。綾さんは料理とかしますか。

岩元　自分が主になって料理を作るのは難しいです。母と共同作業で作ることはあります。朝はトーストや牛乳を温めたり、晩は炒め物をしたり、料理に合う皿を選んでテーブルに並べたり準備をします。母が作るものを見ていて、この料理にはこの皿がいいかなあと考えて選んで並べます。レンジの使い方は私のほうが上手です。

玉井　料理に合う皿をセンスで選ぶ、それはいいなあ。食べるのは好きですか。

岩元　大好きです。

玉井　どんな料理が好き？

岩元　うちは、母が生協活動をしているので野菜や肉など宅配の注文は私が主にします。食べものには注意を払っています。自分の食事では塩分の多いものはとらない、炭酸飲料やジュースも抑制し、家族で塩分控えめの食事になっています。

玉井　綾さんは血圧が低いのでしょう？

岩元　はい。

玉井　もともと血圧の高い人は塩分を控えるほうがいいが、腎臓も心臓も悪くなければ塩分を摂ったほうが血圧が上がり気味になるのではないですかね。朝、低血圧で起きにくい人は適度に塩分を摂ったほうがいい。塩分と高血圧が問題になるが、その理屈で低い人は、香辛料ではない塩の辛さを利用したほうがいい。

岩元　ハーブ入りの塩を使っていますが、いいのですね。

玉井　それと、綾さんは何か運動をしていますか。

岩元　ヨガを毎日続けていますし、母と二人でウオーキングをしたりします。父は歩幅が違うので一人で歩いています。

玉井　綾さんは私より健康だ。私も、家族と一緒に歩くとついつい先に行って待つことになりますね。

岩元　ヨガは毎日三〇分ほど欠かさずします。ヨガをすると途中で眠くなり、眠ると気持ちいいのです。私は身長が一四二センチと小さかったので、少しでも背が高くなりたいと母にヨガの通信講座のビデオを買ってもらって、大学時代に始めたのです。最初は体が硬くて開脚ができなかったのですが、今も母と一緒にしています。

玉井　お父さんはしないのですか。

岩元　父はヨガをしませんが、庭でラジオ体操をします。ラジオ体操は小学校時代毎朝父としていましたが、中学に入ってやめました。それと、わが家はベッドでなく座敷に布団を敷いて寝ます。朝晩の布団の出し入れが私の仕事です。押し入れの上の段に布団を押し上げるのは結構な運動になります。高校の修学旅行の時に自分の布団を自分で上げたことがあって、その頃から家族三人分の布団の上げ下ろしをするようになりました。

玉井　家族三人分は大変だなあ。

岩元　布団の出し入れだけでなく、気温の変化を考えて今夜はこの布団が要るかな、あれは要らないかなど、カバーが汚れてきたから洗濯の時期だとか結構考えながらやっています。

玉井　それはいいですね。

●「普通」って何だろう

岩元　私が見た先生のお嬢さんはすごいなあと思います。よくみんなとお話をしているし、ダンスを見ていても自分の体で表現していることがよくわかるし、自分にもできることを伝えたい気持ちがあるのだと感じます。

玉井　私には、娘が自分のことをどこまでわかっているのかわかっていないのか、わからないことがありますが、自分の苦手なこととか、好きなこととかはよくわかっていて、好きなことはして、苦手なことは避けている。それでいいのではないか。自分がダウン症だということがわかっていなくても、誰にでもできないことや苦手なことはあり、できることで頑張り、できないことは頼む。それが社会の構図だし、それができればいいのではないかと思います。自分の苦手なこと、できないことを悪いことと思わないことですよね。

岩元　そうですよね。

玉井　綾さんは背が低いので、高い所のことは身長の高い人に頼む、そんな気持ちでいいのではないですかね。

岩元　ハハハ、そうですね。

綾

玉井　高い低いなんて平均に比べての話で、平均を気にする必要はないですね。

岩元　そう思います。

玉井　私は「普通」って何だろうと思います。

岩元　私も思います。

玉井　私の仕事柄お母さんたちの質問を受けます。発達障害の人の場合もありますが、多くの人が普通の生活ができたらいいと言われる。それで私は、「普通ってどんなことですか」と聞くのですが、綾さんは普通ってどんなことだと考えますか。

岩元　言葉にしようとすると難しいですね。辞書には、「広く一般に通ずること、どこでも見受けられるようなもの」と書いてあります。私は、私にとっての普通とは、日一日をありのままに過ごすことではないかと思います。講演活動に出かけて、いろんな人と出会いお話をすることも普通のことではないか。だから障害を受け入れることも、自分をさらけ出すことも普通なことではないかと思います。

玉井　自分のことがわかっていて、それを受け入れていることが綾さんにとっては普通なのでしょうね。

岩元　私には、弱点もたくさんあるし良い点もいっぱいありますが、それをひっくるめた自分を受け入れる、それが普通の自分ではないかと思います。

玉井　私も同感です。平均というのは、集団の広がりのなかで、ある一点に達しているか達していないかで見てしまい、広がりが見えなくなってしまう。その全体の広がりのどこかに自分もいて、その自分を認めないと広がり全体も見えてこない。

岩元　うん、うん（うなずく）

玉井　宇宙の中の、銀河系の中の、太陽系の中に地球があり、地球にはたくさんの人がいて、その中の自分には、たくさんの細胞がありその一つひとつが動いて臓器や手足が働いている。その広いつながりの中に自分がいる。一つ離れてぽつんと生きているのではなくて、この広がりの中で人はみな同じように生きている。一人ひとりの違いなどは見えにくい。それを計算をして出てくるような平均という考えでなく、生きている広がりの中で考えたほうがいろいろな生き方がしやすくなる。

岩元　線引きはできませんよね。

玉井　そうそう。僕が平均と言ったのは、綾さんの言葉では線引きできないとなる。

岩元　当たり前と普通とは分け隔てがないということで、違いはないということですね。

玉井　言葉がちょっと違うだけで同じことを言っているということです。

岩元　そうです。人としてそう違わないのだと思います。

●ダウン症の人って頑固？

岩元　今回の講座の話は私にちょっときつかったです。ダウン症の人は「頑固」だと話されましたが、言いたいことはたくさんあってもどう言ったらいいのか迷う、言ってもうまく伝わらないから黙りこんでしまう、それが頑固と思われてしまうのではないでしょうか。

玉井　あれは駄目、これはこうだと言われても、「でも私はこうだ」と言い張りたいものがあるのですね。

岩元　中学校で三年間担任をしてくださった先生が、私の本の出版記念会で「中学校の頃は頑固で、いったんこうと言い出したらクレーンでも動かなかった」と話されました。言いたいことを上手に表現できないから、黙ってしまう。でも思いは捨てない。そんなことが頑固と思われるのでしょう。

玉井　私も中学生の頃から話すのが苦手で、後であれも言えばよかったと思うことが多かった。今でもああ言えばよかったと思うことがありますが、ああ言わなくてよかったと思うことや、しゃべりすぎたと思うこともありますよ。過ぎたるは及ばざるが如しといいますし、言わなくてよかった、こう言えばよかったといろいろあって、よくできていると思います。

岩元　そうですか。先日初めて知ったのですが、玉井先生とＪＤＳの理事長の玉井邦夫先生とは従兄弟同士だそうですね。

玉井　彼も四人子どもがいて一番上がダウン症です。私もそうです。大阪の親の会に彼を呼んだりしているうちに、私も理事をさせてもらっています。彼は頭がよくって、マスコミとかのインタビューなどもしっかり対応しています。ダウン症協会のことに力を尽くしていると思います。

岩元　すごいですよね。

●至福の時は

岩元　お嬢さんはテレビを見たりされますか。

玉井　見ますよ。嵐が好き。嵐の大野君が好きです。

岩元　わあ、私も嵐が好きで、私は相葉君です。一時期、スマップが好きでした。

玉井　嵐のどんなところが好きですか。

岩元　ダンスが上手なところ。

玉井　娘の美帆は嵐の番組を探して録画して、見たい時に見ていますよ。

岩元　やっぱり。タブレットか。

玉井　タブレットやユーチューブなどどこで覚えたのかわからないけれど……。綾さんと話が合うかもしれないな。

岩元　私は嵐も好きですが、以前はアルフィーにはまっていました。ビートルズやカーペンターズも好きです。クラシックもよく聴きます。「モルダウ」や「新世界」など好きです。でも好きな時間は何といってもわが家の風呂に入る時です。自宅に温泉を引いているのでざぶーんと入って、お湯がザーッと溢れるのは最高のひとときです。

玉井先生の好きな時間、至福の時というのはどんな時ですか。

玉井　そうですね。私は甘いものを食べる時ですね。あんこが好きで、ぜんざいや大福なんかが好きですね。今は太らないように気を付けていますが、時々食べる饅頭とお茶の時間はまさに至福の時ですね。

●私に与えられた使命

玉井　今回の小児神経学会で発表された横浜の近藤寛子さんの考えはすばらしいと思います。社会が変わらないといけない。親の会などの中だけでなく社会の仕組みが変わるくらいの変化を起こしていかないといけない、そんなことをきちっと整理されて話されましたね。時間もちょうど一五分に収めて。全国からたくさんの人々が来てくれたし、一般の市民の方々が三三〇人も来られてよかったです。高齢期の問題は誰にでも訪れることですが、それを避けずに何かできることはないかと、探してくれている人たちがたくさんいることに皆さんが勇気づけられたのではないでしょうかね。

岩元　私が今住んでいる霧島市の社会教育課が実施する「みんなのじんけん講座」で昨年から話をしています。六講座あって私が最初です。

玉井　その話の原稿も自分で作りますか。

岩元　はい。ホームページも自分で作ります。講演の原稿も全部自分で書いています。親に書いてもらっていると思っている人もいるようですが、それは違います。

玉井　そうですか。本を書いたり講演をしたり、綾さんは無職ではないですよ。

岩元　そうですかね。でも、母も私も丈夫ではないので不安もありますが、与えられた仕事はしなければなりませんから……。

玉井　まじめだなあ。

●もっとみんなで語ろう、知ろう「出生前診断」

岩元　私は出生前診断について、今生きているダウン症の人たちを否定することになると思うので反対ですが、先生はどのように考えていらっしゃいますか。

玉井　そうですね、出生前診断について産婦人科の先生と小児科の先生と話をすることがありますが、かみ合わないことが多いですね。いろいろな考え方があるが、今回の学会では小児科医の私たちの言いたいことを言おうと、仁志田博司先生にもその気持ちで講演をお願いしたのです。科学の進歩は止まらない、それをわれわれがコントロールしながら応用するのですが、よく考えてやらないと科学にわれわれが支配されることになりかねない。科学の進歩の結果を人々の幸せのためにどう利用するか考えないといけない。それをいかに真剣に議論しているか、合意されたこと、議論の結果をどう利用するかという、納得というか合意に行き着いていないまま、研究の段階で見切り発車した状況といえますね。

岩元　うーん（うなずく）。

玉井　たとえばですね、調査捕鯨というのがありますね。「調査だからやってもいい」と言っていますが、やっていることは同じで、大事なことを見ないでなし崩しにやられている。

岩元　クジラを捕るのは同じですよね。

玉井　その大事なところを話し合いましょうというのが今回の学会ではなかったかと思います。そういう向き合い方で話し合いを深めることができたのではないか。長時間の講座で体は疲れたが頭はすっきりしたのではないでしょうかね。

岩元　そうだなあ、いや、難しかったけれどわかりました。

玉井　調査捕鯨と一緒にしていけなかったかな。

岩元　いえ、いいです。だってシーシェパードもひどいですもの。

　私は、やはり新型の出生前診断を受けて中絶するという苦渋の決断をするのは、生まれてこないほうがいいと考えることで、今生きている人たちを否定することにつながると考えるのです。去年だったかな、相模原の事件（二〇一六年七月、相模原障害者施設殺傷事件）の犯人も、障害者を嫌う気持ちが広がっていったことが原因ですから。

玉井　昨日の会場で休憩時間に、産婦人科の先生から「大変ですよね」と言われました。勘ぐりかもしれないが「大変ですね」だから「中絶を」とつながるような気がして、「違いますよ。その子にどんなことが起こるかより、今をどう生きていくか、それを見つけて一人ひとりがプライドを持って、そして意味を見つけて生きていく、そこに幸せを見出していくのです」と言ったのです。そしたら近くのお母さんたちが納得してくれて嬉しかった。そんな生き方ができることを幸せだろうと思うし、綾さんはその生き方をしている。その本人の発言には説得力がある。綾さんの生き方そのものが人々を勇気づけていると思いますよ。できたら、綾さんがもっとダウン症の人たちにも語ってもらう、そんな場があってもいいかなあと思います。

岩元　一一月（二〇一七年）のダウン症会議では、フロアからの発言ができそうなので、参加しようと思っています。大学生からゼミで使いたいから何かメッセージがほしいと言われたりして、そのたびに原稿を書いています。若い人たちから勉強になりましたという返事をもらうと嬉しいです。

玉井　すばらしいですね。

岩元　北九州市の武田康男先生の「支えあいの会」には二度行ったことがありますが、もう44回になるそうですけどメッセージの要請がきています。そんなこともあって結構忙しいです。

玉井　忙しい、立派な仕事ですよ。無職なんて言わないでください。

岩元　ハハハッ（笑）。書くのに時間がかかります。

玉井　考えるって大事なことです。私の義理の父が京都大学の哲学科出身で、哲学の中に「美学」というのがあって、美しいことは何でも勉強するというのです。建築も絵画も文芸もなんでも美学の対象になり、自分でも長編小説を書いたり、小説の書き方の講座をしたり、文学ではドストエフスキーが得意で……。

岩元　難しい。

玉井　それで、いつでもどこでも考えることができる。考えることが仕事で、考えたことをメモしたり整理したりして本になる。綾さんも講演や原稿の準備で考えるでしょう。それが大事なのです。小学生でも、授業で集中して聞いている子とボーッともの想いにふけっている子がいます。何もしない、眠ってはいないが何も考えてもいないように見える時、そんな時に脳はたくさんエネルギーを使い働いているのだそうです。必要なことだけに絞って集中して考えるのは機械がする思考で、人の脳はそうではない考える必要のないような時間が必要でとても大事なのです。綾さんも考える時は頭を働かせているが、そんなボーッとしている時間もとても大事なのですよ。

岩元（父）　ボーッとしている時は脳全体が自然にリズミカルに動いていて、何かに集中するというのは脳の一部が他とのつながりを切ってしまって動いているのでしょうね。

玉井　そうです。つながりを切るので。そんなことがわかってきてそんな時間を大事にする傾向が出てきました。

岩元　少し難しいところもありましたが、昨日から今日にかけて、ダウン症研究のあり方などもわかって勉強になりました。ありがとうございました。

父母　お忙しい中、長時間ありがとうございました。

玉井　こちらこそありがとうございました。

（2017年6月17日　対談）

●対談を終えた後の「綾の感想」

玉井先生とお話しして、小児科医として、またダウン症のある娘さんの父親として、やさしさのなかにはっきりと覚悟をもっておられるのを知って感動しました。母もそう話しています。ダウン症者の父親の方と深くお話をする機会がなかったので……。

5章

いのちの系譜

いのちの系譜を思う

綾は、いつの頃からか、自分のいのちの系譜を、考え始めていたようです。自分を育ててくれた両親が、あの戦中・戦後をどのように生きてきたのか、知りたいと思ったのでしょう。夫の北朝鮮で亡くなった祖母の詩を熱心に読み、私にも「お母さんはどうだった?」と何回も聞きに来ました。そして、この両親の間に、ダウン症として生まれてきた自身のいのちについても何かを感じ、詩を書き始めたのだと思います。

振り返れば、二〇年前、私たち家族が講演で全国を周り始めた頃は、ダウン症に対する偏見は、私たちが考えた以上に大きなものでした。会場に来られる方の中には、「親戚縁者から、わが血統にはそんな子どもが生まれる者はいない」と言われたと涙する人々は少なからずおられたのでした。綾を遠ざけることもできない時もあり、まだ、大学出たてのうら若い綾にとって、それは苛酷な現実だったと思います。一方で、綾の講演に賛同される方々の多さもまた大きな励ましになりましたが、私にできることは、ただひたすら綾を愛することだけでした。

たくさんの辛い経験もし、成長した綾は、ダウン症として生まれてくることの重さを受け止めて、辿り着いたのは、自分の命の系譜を思う、「いのち」の詩なのでした。

西南戦争から生還した祖父

綾は、父方の祖父も、母方の祖父も全く知らないので、私に、祖父に会ったことがあるのかと、聞いてきました。私ははっとしましたが、母も末っ子で、祖父とは離れて暮らしていましたし、末っ子の私も祖父に会いに行く機会はほとんどなかったのです。赤ん坊の時、一度会いに行ったと聞いていますが。

ですから、私が祖父を知ったのは、明治百年記念の際、地元紙・南日本新聞に載った写真でした。白い髭を生やし、白っぽい麻の背広を着たダンディな老人の姿が写っていたのです。それが、祖父だと母に告げられたのでした。祖父は、一六歳で、西南戦争で田原坂まで行き、最年少だったため、西郷さんに、生きて帰って、人のために尽くすようにと、五〇銭銀貨を渡されたのだと母は話してくれました。帰郷した祖父は宮大工になり、あちこちの寺の建立に携わったのだと。

それから、時が流れ、忘れかけていたところに、いきなり綾に聞かれて、私は記憶を呼び起こそうとしていました。いつの頃だったか、きょうだいが集まった時、ひょんなことから、兄たちが、「西郷さんが、おじいさんを田原坂から帰さなかったら、われわれは、この世にいなかったんだ」と言いだしました。その話は私たちきょうだいの心の中に深く残ったのは、確かなことでしたが、しかし、今はその兄たちも、次々に癌で亡くなり、思い出話もできなくなりました。

西郷さんが残してくれたような、わたしたちのいのちの系譜の話を、私は綾にしてやろうと思っています。もう、話す相手もいなくなった今も、文字として残してくれた兄濱里忠宣の著書、『湘南序章』には次の一文があります。


「〝一つしかない命をだいじにせよ。生きて帰って世のためにつくせ〟

村岡六太郎は黙って帰郷を決意した。平凡にして、若い魂にしみとおる言葉であった。別れに際して西郷さんは、記念にと一枚の銀貨と身につけていた肌着を六太郎に与えた。若者の旅路を気づかったのかもしれぬ。一六歳の少年は、西郷さんの形見の品を抱いて郷里に帰ってくるのである。
星霜移り若者は人の子の親となった。私の母が生まれ、私もまたこの賦軍に名をつらねた人間の末裔の一人となる。だが、考えてみれば、西郷さんは何よりも私の命の恩人と言うべきある。」と。

二〇一八年は、NHK大河ドラマで、西郷さんを取り上げることになって、わが故郷は盛り上がりを見せています。

因みに、夫の曽祖父、岩元太郎は西南戦争に溝辺隊の隊長として隊員五三人と共に参加し、田原坂で戦死しました（溝辺町郷土誌など）。今は夫の父（綾の祖父）のとなりに眠っています。

人のために役立つ人間に……そして感謝！

「人のために尽くす」という祖父の人生は、重いものだったのかも知れません。

厳格で、誇り高い人だったといいます。祖父が亡くなってから、訪ねてきた親戚だという方たちは、実に礼儀正しく、私たちとの系譜を語ってくれたと、姉が話しておりました。その娘である母も、誇り高い人だったように思います。子どもたちには、学問を身につけ、人のために役立つ人間になるようにと言っておりましたが、きょうだいたちは、両親との約束を果たしたと思ったのか、今は聞く術もありません。

ただ、この系譜を辿る綾はこの二〇年間、何か人々のためになるようにと常々考え、全国で講演活動をしてきたのだと思います。体調の悪い時も、それに合わせて整える努力を惜しみませんでした。どこに行っても、とてもやさしく私たち家族を迎えてくださったことに、心から感謝しております。

私たちは、皆さまの役に立ったのかどうかと自問自答いたしますが、ここに誌面を借りて、私たち家族をこれまで支えてくださった皆さまにお礼申し上げます。本当にありがとうございました!!

岩元　甦子

6章

綾の詩「いのち」につながること

父親の北朝鮮　墓参の旅

私は、二〇一四年六月末から七月初旬の一一日間、妹と一緒に北朝鮮を旅しました。目的は父（岩元寅二）と母方の祖母（古河タケ）の墓参でした。一九四五（昭和二〇）年の敗戦によって、それまで日本の植民地だった朝鮮半島が北緯38度線で北と南に分断され、南はアメリカ、北側は当時のソ連の支配地域となり、今の韓国と北朝鮮ができたのですが、この北朝鮮に父と祖母を捨てるように埋めてきたままだったのです。

一九四五年の八月一五日まで、植民地で暮らしているという意識もなかった私たちは、敗戦を境に命や暮らしを守り支えてくれる役所や警察、病院など、一切の仕組みを失いました。前日まで近くのグラウンドで訓練をしていた日本の軍隊も消えました。頼るところも、秩序も安全も失われ、それぞれの家族や個人が自分の力で生き抜くしかありませんでした。ソ連兵の略奪、寒さ、飢え、伝染病などが日本人を襲いました。住まいを追われたり、収容所に詰め込まれたりして、子ども、年寄り、病人と弱い順に命を落としていきました。

敗戦の年には九人いた私の家族も、二人の弟、父、祖母の順に亡くなり、翌年の二月には五人になりました。

私たちが住んでいた街は、朝鮮半島の東側、当時の咸鏡南道の道庁があった咸興（ハムフン）府という街で、敗戦の年に亡くなった弟たちは火葬ができましたが、年が明けて二月に亡くなった父と祖母は火葬もできず郊外の丘に葬りました。

とくに、祖母が死んだのは、母と兄と弟が発疹チフスという伝染病で強制隔離され、一三歳の私と七歳の妹の二人だけが残された六畳一間でした。私は人を頼み祖母の遺体を菰で包み大八車に乗せ、郊外の丘まで運び穴に埋めに行きました。穴は前年の結氷期前に多数の死者を予測して丘一面に無数に掘られていました。一つの穴に二〜三〇体入る大きさで、土が凍っているので死体を置いても土をかぶせることはできませんでした。

一週間ほどして、強制隔離されていた母と兄と弟が奇跡的に治って帰ってきました。生き残った五人は、咸興を離れる前に祖母と父を葬った丘に行き、墓標も何もない墓に別れを告げました。日本への帰国の道は不安と恐怖、空腹の一か月でした。貨車に詰め込まれたり、七日七夜の野宿を重ねながら歩いたりして38度線を南へ越えました。対馬海峡（玄界灘）はアメリカ軍の上陸用舟艇で渡り、博多の港にたどり着き、父の故郷である現在の

２人を葬った丘は立ち入り禁止。500メートル離れた所で供養

墓地まで行けず持ち帰った墓標

霧島市溝辺町に帰り着くのにほぼ一か月かかりました。

そして七〇年の時が過ぎていきました。その間に、私の母は計り知れないほど深い墓参の願いを果たせないまま亡くなりました。母の思いを果たすためにもと願い続けた墓参が、二〇一四年にやっと叶い、同じような思いを抱いてきた人たちと共に北朝鮮へ墓参の旅に出たのです。

両親の歴史に触れる綾

北朝鮮に関しては核開発やミサイルなど、軍事や政治的な報道がほとんどで、このような旅は滅多にないことでしたから、取材陣も多く同行し報道もされました。わが家のテレビにも連日のように私たちの旅の様子が映り、綾もそれを見ました。そして今まで知らなかった父親の過去に気付いたのです。

旅が済むとその模様を話す機会が増えました。私が所属している「鹿児島子ども研究センター」が開いた報告会には一〇〇人を越す人が集まり熱心に耳を傾けました。綾もそれに参加して、父親の敗戦時の体験を初めてまとまったかたちで聞き、「お父さんのことを初めて詳しく知った」と感慨深げでした。

私が綾の詩「いのち」を知ったのは二〇一六年一月一九日です。彼女のパソコンから私のパソコンに突然送ってきました。それが「いのち」の初稿です。そこには私が祖母の死と埋葬を綴った詩「土　着てますか」（本書一三四ページ）や、母親が折々綾に語った戦争体験―生まれ故郷の甑島から県本土の川内に疎開し、空襲にも遭ったことなどが折り込まれていました。

私は驚きました。場所も体験した事実も異なるけれど一つの時代である両親の戦争体験、それを生きてきたことの重さ、さらにそれとつながる自分の命、それもダウン症を伴う自らの命の誕生を結んで、ダウン症者としての心を綴っていました。ことばでは言い表せないほどの不思議な感動を感じました。それは知識の内容や思考の発達とか認識の深まりといったことに収まり切れない、感性とことばが織りなす可能性の大きさというものへの驚きでした。

綾の詩や文章は、多くの場合一度書いてから仕上がるまでに時間がかかります。この詩もそうでしたからゆっくり待っていました。

そうしたある日、「この詩を『詩人会議の新人賞』に出してみようかなあ」とひょっこり言い出しました。私はある時期、月刊の「詩人会議」を購読したことがありましたが新人賞などということは思っていなかったので、さらに驚きました。応募作には行数の制限などもあり、綾の苦労は並大抵ではなかったようです。惜しい言葉が削られ、言い足りなさを残しながらも、散文調だったのが詩的な感じを増しました。こうしてできたのが本書1章の「いのち」なのです。賞に入ることはありませんでしたが「詩人会議新人賞詩選集'17百草百花」に収録されて出版されました。綾の作詩のなかで新たな扉を開く作品になるような気がします。

「土　着てますか」

如月
北緯三十八度線の彼方
朝鮮、咸興（ハムフン）府郊外の
丘も河も凍てつき尽す二月が来ると
僕は十三歳の少年に返り
このことばを繰り返す。

「おばあちゃん　土　着てますか」

一九四六年二月
街では、飢餓と寒さに耐え
辛うじて敗戦の年を越えた命を
発疹チフスの猛威が襲い
弟が死に　父が逝き
九人の家族は六人となり
強制隔離と死体処理が
茶飯事となった。

「おばあちゃん　土　着てますか」

さらに母、兄、弟が発病し
隔離病院に強制収用された翌日
十日　払暁
発病を自覚しながら
強制収用を拒否したあなたは
早鐘のように打っては止まり
止まっては打つ
鼓動も間遠になり

ただおろおろと
あなたの胸を抑える僕に
命の合図を送る力も尽きて
七十二歳の生涯を終えた。
夜通し自動小銃の弾が
遠く近く冷気を裂き
六歳の妹と僕は
ただ朝を待った。

「おばあちゃん　土　着てますか」

街にやっと
冷たい日が差し始め
僕は、若い日本人二人と
大八と菰を準備した。

あなたはその菰にくるまり
急な階段をずるずると降りて
大八に乗せられ、僕は
菰を結んだ縄の端を握ったまま
車の後を歩いた。
十三歳の孫一人の野辺の送り。

「おばあちゃん　土　着てますか」

あなたが行き着いた場所は
硬く凍った赤土を　氷になった雪が
薄く　また厚く覆った丘の　中腹の穴。
そこに　僕は　あなたを
転がすように置いてきた。
畳四枚ほどのその穴には、

あなたと同じように　菰に包まれ、
どす黒く硬直した顔や手や、足や背中を
寒風に晒したむくろが、幾重にも幾重にも
重なっていた。

「おばあちゃん　土　着てますか」

丘の斜面に
無数に掘られたその穴は
前年の秋、結氷期に入る前に、
狩り出されるように集められた日本の男た
ちが
この冬を越せない命のために、準備した
穴。
自らが掘った穴に捨てられた男も数知れな
い。
凍てつく土は　春まであなたの上には盛ら
れないまま
カラスが舞い　野犬が徘徊していた。

「おばあちゃん　土　着てますか」

カライモ士族※と呼ばれても
村では旧家の末の娘に生まれ
誇り高く育てられたあなたは
若くに夫を失い　女手で二人の娘を育て
た。
その長女が　遠い朝鮮でお産をする度
あなたは、霧島の麓から玄界灘を越え
孫たちの命を取り上げた。

「おばあちゃん　土　着てますか」
長女は、戦の末期に
最後の孫を身ごもった。
朝鮮海峡に蠢く潜水艦の危険や
再び帰る約束の有無などを知ってか知らず
か
敗戦を予知した軍高官の家族たちとは逆方
向に
関釜連絡船に身を託し　あなたは
何度目かの渡鮮に踏み切った。
「おばあちゃん　土　着てますか」

あなたがとりあげた
最後の孫は　戦の直後に
まともな治療も果たせず逝った。
婿殿も　もう一人の孫もあなたより先に
逝った。
あなたを看取るべき娘は
あなたの孫二人とチフス患者収容所に運ば
れ
あなたを看取ることもかなわず
墓所を確かめる術も無かった。
「おばあちゃん　土　着てますか」

半世紀余の時が流れ
朝鮮戦争があり

軍靴やキャタピラが
あなたを土で覆うことなど
一顧だにせず　あなたの上を
踏みしだきはしなかったか。

「おばあちゃん　土　着てますか」

歴史は刻まれても
あなたは
靖国に祭られもせず
ふるさとの郷土史に
戦争犠牲者として記載もされず
九十六歳になるあなたの娘は
あなたの命日を思い出せなくなりつつある。

「おばあちゃん　土　着てますか」

氷が解け　土がゆるみ
遅い春には　リンゴが咲き
初夏には　郭公が鳴くあの丘のあたり
その地を　ならず者の土地と吠え立て
トマホークやクラスターで脅し
核の先制攻撃をうそぶく者、
その尻馬に乗り
再び海外派兵に血道をあげる輩がいる。

「おばあちゃん　土　着てますか」

あなたは

また来る冬も
凍てつくあの丘で
身に覚えの無い侵略の罪を
償うのだろうか。

「おばあちゃん　土　着てますか」
　　　　　　　　土　着てますか」

※「カライモ士族――鹿児島ではサツマイモをカライモ（唐芋）といい、米より芋を食べるという貧しい士族を揶揄した表現。

岩元　昭雄

二〇〇三年三～四月、網膜剥離で鹿大病院眼科病棟に入院中に、アメリカ軍によるバクダッド侵攻が始まり、無抵抗に見えるイラク軍と市街地に撃ち込まれる砲弾。あの黒煙や火柱の下で、まず子どもたちや年寄りが逃げまどい、死んでいくことを思い、長い間心にしまってきたものを書き留めておこうと思いました。

おわりに

この本も、多くの方々のご理解と援助の中で生まれました。本願寺出版社の月刊誌「大乗」の誌上で二年間、私と往復書簡を交わしてくださった大平光代さま、その「大乗」からの転載を承諾してくださった編集部の松本隆英さまのお二人には無理なお願いをいたしました。感謝申し上げます。おかげで「悠ちゃん」の成長と共に丹波と鹿児島の四季折々の移ろいが感じられる書簡を多くの人に楽しんでいただけると思います。

玉井浩先生には小児神経学会というお忙しいさなかに対談をさせていただきました。私の理解に配慮されながら中身の濃い会話をリードしてくださって、私も新しい経験を積むことができました。ＮＨＫ大阪放送局の住田功一さまにはお世話になりました。

往復書簡あり、対談あり、詩やエッセイ風の文章ありと変化のある内容となりましたが、一本の「いのち」という糸が歴史を縫いながら運ばれてきたことを感じていただけると幸いです。

このたびも、かもがわ出版の鶴岡淑子さんには初めから終わりまでお世話になりました。心からお礼を申し上げます。ありがとうございました。

二〇一七年一〇月

岩元　綾

岩元　綾（いわもと　あや）プロフィール

1973年　鹿児島市生まれ。隼人町立日当山小・中学校を経て、93年3月に県立牧園高校普通科卒業。

98年３月　鹿児島女子大学（現志学館大学）英語英文学科卒業。

98年５月　ニュージーランドのオークランド市で開かれた「第３回アジア太平洋ダウン症会議」に参加。

99年３月　図書館司書の資格を取得。同年10月、童話『魔法のドロップ』を英訳し、『MAGIC CANDY DROP』（石風社）として出版。

01年１月　前年に念願のパリに旅行し、母親との共著『夢紡ぐ綾』（かもがわ出版）を出版。

01年６月　カナダの絵本を翻訳。『スマッジがいるから』（あかね書房）を出版。

04年４月　シンガポールで開かれた「第８回世界ダウン症会議」に日本代表として参加し、スピーチをする。

06年８月　カナダのバンクーバーで開催された「第９回世界ダウン症会議」に参加、「ダウン症世界会議賞」を受ける。

08年５月　『21番目のやさしさに――ダウン症のわたしから』。

12年１月　詩集『ことばが生まれるとき』。

14年１月　『生まれてこないほうがいい命なんてない―「出生前診断」によせて』をいずれもかもがわ出版より出す。

現在、障害者団体や学会、看護学校、大学、各地の福祉協議会に呼ばれ講演、交流をし、ダウン症や「出生前診断」などについて理解を広げる活動を続けている。またメールの更新や、自分で管理するHP（http://www.mct.ne.jp/users/ayaiwamo7/）での交流もしている。

愛おしきいのちのために――ダウン症のある私から

2017年11月20日　第1刷発行

著　者　©岩元　綾
発行者　竹村　正治

発行所　株式会社 かもがわ出版
〒602-8119 京都市上京区堀川通出水西入
TEL075（432）2868　FAX075（432）2869
振替01010-5-12436
ホームページ　http://www.kamogawa.co.jp
制　作　新日本プロセス株式会社
印刷所　シナノ書籍印刷株式会社

ISBN978-4-7803-0942-3　C0037